現代語訳で読み直す『竹取物語』

地の文の動画的表現と登場人物の役柄語を活かす

関 一雄
Seki Kazuo

現代語訳で読み直す『竹取物語』　目次

はじめに

古典の現代語訳は、外国語文献を翻訳するのとは異なり、同じ日本語が何千年・何百年を経て変化した結果を示すものであることは言うまでもありません。

研究者にとっては、提示された本文の現代語訳は必ずしも必要でなく、その箇所のいわゆる「大意」であったり、個々の語句の「注」があれば、ほぼ充分と言う場合が多いでしょう。

しかし一般の古典愛好者にとっては現代語訳があった方が分かりやすく親しみやすいはずです。実際に古典の刊行書には「注」のほかに、現代語訳が付されているものが多いようです。一般の読者は、本文と現代語訳を読み比べながら、本文の表現に可能な限り近づこうとしますが、その場合、現代語訳が当該の作品の表現技法を完全とまでいかずとも、一定程度反映していることが求められるのではないかと思います。

韻文（和歌・俳句・川柳など）においては、定型（音数律など）であることが、表現技法とも言えましょうから、現代語訳はあくまで便宜的なものに止まるでしょう。しかし、散文であれば、定型に関わりませんから、本文の表現技法を反映した現代語訳は不可能ではないと考えます。

『竹取物語』は、本文中の和歌を除けば、散文の地の文と会話文であり、しかも会話文には、その始まりの直前と終わりの直後に明確な語句が記されており、地の文と会話文の表現技法の相違も明らかです。

右の点については、付録の論文で補足します。

作者（語り手）の語りを表す地の文―「けり」のテクスト機能―

『竹取物語』の本文は、実に見事な表現技法がなされています。物語には、役者（登場人物）が出て来ますが、その動き（演技）を表すのは、目に写り耳に聞こえるような表現です。芝居（または、映画・テレビのドラマ）であれば、役者（俳優・タレント）が舞台の上で様々な演技をして見せて、観客に伝えるのですが、物語では、言葉で伝え聞き手（読者）は耳で（または、文字を目で）受け止めて、その動きを想像し脳裏のスクリーンに写（映）し出します。従ってその言葉は説明ではなく、描写でなければなりません。そして、そこに時の流れが加わります。それは静止画像ではなく、動く画像ですから、**動画**（**的表現**）です。『竹取物語』は、昔物語と呼ばれ、昔話をするという形を取りますが、物語が作られた平安時代の言葉では、文末に用いられることが、比較的多い「けり」という過去に実際に起こったことを意味する言葉が用いられています。現代語では「（自分が生きて来た中で）昔、こんなことがあった」の「た」がほぼ相当しますが、「た」は、

　さっきから探していたものが、ここにあった。

　待っていたバスが、来た。

（行司が力士の取り組み中に）「残った、残った」

のように、現在の動作にも使いますから、「過去」を表すとは限りません。

「けり」に相当するほぼ同じ意味の現代語があれば、現代語訳でそれを使いたいところですが、残念ながら考えつきません。

　これまでに刊行された『竹取物語』やその他の古典の現代語訳の中には、「けり」を「……（こと）だった」または「……（の）だった」としたものもありますが、これに相当する古典語は、「……なりけり」（**二　貴公子たちの求婚**の冒頭部分〈23頁4行・5行〉にも、2例使われています）ですから、適切な現代語訳とは言えません。

また、「けり」は「過去」という「意味」だけではなく、本文中で、聞き手（読者）が、過去の話であるということを認識している状態からあたかも現在のことのように感情移入がなされてきた時に、「けり」を用いない本文に切り替わることにより、感情移入が深まり聞き手（読者）がその場に入り込んで、役者（登場人物）の気持ちに成り切ってしまう効果も考えられます。このような「けり」の働きを、研究者は「テクスト機能」と名づけています。「けり」は昔物語で、実に重要な働きをしています。『竹取物語』での「けり」のテクスト機能は、様々ですので詳しくは後述します。

前述した役者（登場人物）の動き（演技）は、言葉で伝えられますから、その言葉は動きを表す「動詞」であり、心理作用を表す語は「感情形容詞」などで表されます。例えば、

憎む〈動詞〉（＝悪口ヲイウ）―憎し〈形容詞〉（憎イ・憎ラシイ）

恨む〈動詞〉（＝ナゲキ訴エル）―恨めし〈形容詞〉（恨メシイ）

あやしむ〈動詞〉（＝見トガメル）―あやし〈形容詞〉（アヤシイ）

などが、例として挙げられます。

右の「あやしむ」は、『竹取物語』では、「あやしがる」が用いられるますが、これは現代語にそのまま伝わり「アヤシガル」で「首ヲ傾ゲル」という動きを表します。「思ふ」も「顔付キヲ

スル」という動作を表す例が少なくありません。このような動きを意味する動詞は、この本の現代語訳では、カタカナ（または漢字とカタカナ）で表記します。

本文の語は、**太字**にします。

地の文の「けり」のテクスト機能

＊Ⅰ．『竹取物語』は、多くの研究書・注釈書で**十**の章段（段落）に分けられている。その多く章段の始まりと終わりに、複数（章段によっては単数）の「けり」が用いられる。

＊Ⅱ．章段の途中で、時の流れが急速になった場面で、複数の「けり」が用いられる。

＊Ⅲ．章段の途中で、それまでと際立って違った場面（舞台）になった時、複数または単数の「けり」が用いられる。

その i．役者（登場人物）の視点から語られる場面。

その ii．語り手が、それまでの状況について補足を要する場面。

その iii．語り手が、役者（登場人物）の演技を補足する場面。

「けり」のテクスト機能は一見雑然としているようですが、基本的に〈**時の流れの中での、その場面の設定と場面の転換**〉と規定できます。

このような「けり」のテクスト機能が働いている範囲を点線……で囲って（＊1．2．3の記号で区別して）示し、それぞれの違いを各章段の現代語訳の最後に㊟で説明します。本文の「けり」と現代語訳の「た」に二重傍線＝を付します。（けり・た）

なお、現代語の「た」は、「過去」の意味を表すほか、前述のように、現在の動作や状態も表し、本文（古典語）の「つ」「ぬ」「たり」などに相当する例が少なくありません。**そこで、「けり」の意味・テクスト機能を現代語訳「た」で際立たせるために、「つ」「ぬ」「たり」などはあえて訳出せず、現在形で示すことにします。**

会話文の特徴―役者（登場人物）の個性〈キャラクター〉を表すセリフ―

『竹取物語』には様々な人物が登場します。翁・嫗・かぐや姫・帝・皇子・大臣・大納言・中納言・家来・工匠・船頭などですが、この物語の会話文の示され方は、次のような形をとる例が多くあります。

会話の始まる直前に、「言はく・言ふやう・言ふ」「のたまはく・のたまふやう・のたまふ」「申さく・申すやう・申す」などの役者の動き（演技）を表す語句があり、会話の終わった直後に、「言ふ・言ひて」「のたまふ・のたまひて」「申す・申して」などの語句が続きます。

このように、会話であるという指標が役者の身分を表す対等語（「言ふ」）・尊敬語（「のたまふ」）・謙譲語（「申す」）の区別をもってなされております。つまり近現代の小説であれば、「　」の引用符に相当する働きを、会話の前後の地の文の語句が、敬語の相違をもって役者の個性の一部分を示しているということです。

しかも、役者のセリフ自体にも、その身分に即した語を用いさせていることは、注目すべきです。このことで、極めて面白いのはヒロインであるかぐや姫が、翁と嫗に対して「侍り」という丁重語を用いて答えたり、用いないで応じる現代語で言う「**タメ口**」で応対したりしていることです。これは、かぐや姫が物語の後半で分かることになる月の国の人であって、当時のこの世の人間とは違って、その時の気分で敬語を使い分けていることを示します。その他の人物でも「侍り」は、会話文を見ていく上で重要です。その他の語の使用のありようを、現代語訳の中で、☆★※▲□△などの記号を付して明示し、各章段の現代語訳の終わりの㊟で、それぞれについて、説明します。

「侍り」の有無・自敬表現・役柄語・対等表現・「き」の使用

☆「侍り」を用いた丁重表現（当該の会話文を**行書太字体**で示す）。

★「侍り」を用いないタメ口（**ただし、「給ふ」・「参る」などの尊敬語・謙譲語は用いる**）。

（本文にも、☆★の記号を添えるが、「侍り」は語のみを**行書太字体**にする。）
※上位者（天皇・大納言・中納言など）が、聞き手の下位者（翁・媼・家来など）に対して、聞き手の動作に謙譲語を用いる自敬表現・自己尊敬（**ゴシック太字体**で示す）。
▲通説では、漢文訓読語とされるが、役者（登場人物）の役柄を示す語。翁・工匠・家来・船頭・王慶・世間の人など、身分の低い者が用いる役柄語。まれに、くらもちの皇子が、用いるがその場合は、強調表現。ともに、**ゴシック太字体**で示す。
□△　上位者が、聞き手の下位者の動作に自敬表現を用いない対等表現（対等語）。
右の他に、くらもちの皇子が、蓬萊の山を訪れて玉を得たという大嘘話に**意図的に**用いた「**き**」（話し手が過去に実際に体験したことを表すとされる「き・し・しか」と活用する助動詞）。

目で見、耳で聴く芝居や映画、テレビのドラマであれば、役者のセリフを含めた演技、その場面や背景など、観客は容易にその世界に入り、楽しむことができます。
しかし物語は、文字を読んだり、その朗読を聴いて楽しむものです。その言葉のみを通して想像し、その場面とその変遷・役者の動作（演技）とそのセリフによって個性（役柄＝キャラクター）を理解し、楽しむものです。

『竹取物語』には、これを可能にする以上のような**表現技法**がなされています。

本書は、前記の記号等を付し、行書体なども用いて、現代語訳を通して本文の技法が分かりやすく読者に伝わるように考案しました。

一　かぐや姫の生い立ち

（　）内は、本文にはないが、前後の文脈から判断し補った。

＊1この（話の）時は昔、竹取の翁という者があった‖。野山に**分ケ入ッテ動キ回リ**竹を取りながら、（籠や笊を編むなど）様々なことに使っていた‖。名を、さかきのみやつこと言った‖。（ある日）その竹林の中に、根元の光る竹が一本あった‖。

首ヲ傾ゲナガラ、近づいて見ると、筒の中が光っている。それを見ると、三寸ほどの人が、たいそう可愛らしくすわっている。翁は言う、

「私の、朝ごとに夕ごとに見る竹の中にいらっしゃるので分かった。（私の）子〈こ＝籠〉にお

なりになるはずの人のようだ」

と言って、**サット** 両掌に入れて家へ持って帰る。妻の老女に育てさせる。可愛らしいことは限りない。たいそう幼いので、籠に入れて育てる。

竹取の翁が竹を取るにつけ、この子を見つけて後に竹を取るにつけ、節を隔ててその空洞ごとに、黄金のある竹を見つける事が度重なる。こうして翁は、次第に豊かになっていく。

この **幼子** は、育てるほどに、**スクスクト** 大きくなっていく。三月ほどになる頃に、よい背丈のほどに成っているので、髪上げなど手配して、髪上げさせ、裳を着せ、帳台の内から出さず、大切に育てる。この **幼子** の容姿は、美しいこと（といったら）、世になく、家の中は、暗い処はなく、光が満ちている。翁は、気分が悪く苦しい時も、この子を見ると、苦しいことも治まってしまう。

＊2 腹立たしいことも癒された‖。

翁が、竹を取る事が長年になる。（財を成し）勢力は強大な者になった‖。この子は、たいそう大きくなり（大人の女性になっているので）、名を、御室戸（に住む）斎部の秋田を呼んで、付けさせる。秋田は、なよ竹のかぐや姫と付ける。この時三日間、**歌ヲ唄イ管弦ヲ行ウ**。様々な遊びをした‖。

男は誰もえり好みなく呼び集めて、たいそう賑やかに遊ぶ。

世の中の男は、身分の高い人も低い者も、何とかしてこのかぐや姫を、妻にしたい、結婚したいと、噂に聞いて誉めそやし**ウロウロスル**。その辺の垣根にも、家の門にも、（姫の家に）仕える人でさえ簡単には見られないものを、夜は眠ることもせず、闇夜に出て、穴をあけ、覗き見をし、**ウロツキ回ッテイル**。

＊3 その時から、「夜這い」という言葉ができた‖。

㊟＊1点線ノ中ハ、コノ章段ノ始マリヲ示シ、過去形デ語ラレルガ、点線ノ囲ミノ後ハコノコトガアタカモ今現在ノ出来事ノヨウニ読者（聴者）ニ受ケ取レル現在形ノ語リニ移ル。

＊2点線ノ中ハ、コノ間ニカナリノ年月ガ流レ、**幼子**（本文「**ちご**」）カラ大人ノ女性ニナッタ姫ガ、世間ノ男タチニ披露サレル語リ。

＊3点線ノ中ハ、過去形ニ戻リ、コノ章段ノ終ワリヲ示ス語リ。

本文

（古典文庫 第三〇九冊『竹取物語〈古写本三種〉』所収の「竹物語」を底本とする）

底本の仮名遣いはそのままとする。ただし、誤字・脱字とみなして訂正・補充した文字は、〈　〉で囲み、底本の文字を訂正したものは（×）の形で示す。

一

＊1 いまはむかし、竹とりのおきなといふものありけり。野山に**まじり**て竹をとりつゝ、よろづの事につかひけり。名をば、さかきのみやつことなんいひける。その竹の中に、もとひかるたけなん、一すぢありけり。

あやしがりて、よりてみるに、つゝの中ひかりたり。それをみれば、三寸ばかりなる人いとうつくしうてゐたり。おきないふやう、

「われ、あさごと夕ごとにみる竹の中におはするにてしりぬ。子になり給べき人なめり」とて、手に**打いれ**て、家えもちてきぬ。めの女にあづけてやしなはす。うつくしきことかぎりなし。

いとをさなければ、こにいれてやしなふ。

竹とりおきな、竹をとるに、この子をみつけて後に竹とるに、ふしをへだて丶よごとに、こがねあるたけをみつくることかさなりぬ。かくて、おきなやう〳〵ゆたかになり行。

この **ちご**、やしなふ程に、**すく〳〵と** おほきになりまさる。三月ばかりになるほどに、よきほどなる人になりぬれば、かみあげなどさうして、かみあげさせ、裳きせ、ちやうのうちよりもいださず、いつきやしなふ。この **ちご** のかたちの、け〈うら〉（×さう）なること世になく、やのうちは、くらき所なく、ひかりみちたり。おきな、心ちあしく丶るしき時も、この子をみれば、くるしきこともやみぬ。

＊2 はらだ丶しき事もなぐさみにけり。おきな、たけをとることひさしくなりぬ。いきほひまうの物になりにけり。この子いとおほきになりぬれば、名をみむろといむべのあきたをよびてつけさす。あきた、なよたけのかぐやひめとつけつ。このほど三日、**うちあげ** あそぶ。よろづのあそびをぞしける。

おとこはうけきらはずよびつどへて、いとかしこくあそぶ。

世かいのをのこ、あてなるもいやしきも、このかぐや姫を、えてしかな、みてしかなと、をとにきゝめでゝ**まとふ**。そのあたりのかきにも、家のとにも、をる人だにたはやすくみるまじきものを、夜はやすくいもねず、やみの夜にいでても、あな（**重複**×あな）をくじり、かひばみ**まとひあへり**。

＊3　さる時よりなむ、「よばひ」とはいひける。

二　貴公子たちの求婚

（男たちは）人が行きそうにもない所に**ウロツキ回ル**けれども、何の効果のあるはずもない。家の使用人たちにせめて伝てを得ようと、話しかけるけれども、問題にもしない。家のあたりを離れない貴公子たちは、夜を明かし、日を過ごすものが、多い。

＊あまり熱心でない人は、「無用なうろつきは、無駄だった」と言って、来なくなった‖。その中に、なお言い寄った‖人は、美人好み極め付きの五人、その思いの終わる時なく、夜昼やって来た‖、その名前は、石つくりの皇子・庫もちの皇子・右大臣阿倍のみむらじ・大納言大伴のみゆき・中納言石上の麻呂足、この人々だった‖。世間にざらにいる男でさえ、少しでも美人だと聞けば、妻にしたく思う男たちだった‖から、（美人好みの五人は）かぐや姫を妻にしたくて、食

事もせず思いつめ、その家に行っては、**立チスクンダリシ**たが、効果があるはずもない。

手紙を書いて送りつけるけれど、（姫は）返事もしない。恨み歌など書いてよこすけれど、効果はないと思うけれど、陰暦十一月・十二月の雨雪の降り凍り、陰暦六月真夏の日照りをも雷をも、ものともせずやってくる。

　この男たちは、ある時は、竹取の翁を呼び出して、

「娘を、私に下さい」

と頭を下げて拝み、手を擦り合わせておっしゃるが、（翁は）

「自分の実の子ではないので、私の心にも従わないでいる」

と言って、月日を過ごしていく。こんなことで、この男たちは、自宅に帰って、ものを思い、祈りをし、神仏に願い事をする。姫への思いは、止まることもない。「それでも、最後には結婚させないことがあろうか」と思って、望みを抱いている。無理して、（姫を）思う心を**見セテアルキ回ル**。

　これを見つけて、翁が、かぐや姫に言うには、

「我が姫よ、変化の人と申しても、このように大きくまでお育てした（私の）気持ちは並大

抵ではない。翁の申し上げることをお聞き下さるか」

と言うと、かぐや姫は、

☆1「なに事でも、おっしゃることは、承知致さないことはありません。変化の者でございましたとの身とは関係なく、親とこそ思い申し上げております」

と言う。翁は、

「嬉しくもおっしゃって下さるね」と言う。☆2「翁は、齢七十を過ぎました。(命は)今日とも明日とも分かりません。この世の人は、男は女と結婚し、女は男と結婚します。その後で、一門が繁栄するのです。どうして、そのようなことが無くていらっしゃれましょう」

かぐや姫の言うには、

☆3「どうして、結婚するようなことを致しましょう」

と言うと、(翁は)

「変化の人と言っても、女の身でいらっしゃる。翁が生きている限りは、こんなふうでもいらっしゃれよう。この方々が、年月を経て、このようにお出で下さっておっしゃることを、考えて、どなたかお一人にお会いなさいな」

と言うと、かぐや姫が言うには、

★1「（私は）よくもない器量だから、（相手の）深い愛情も確かめないで、（結婚して相手が）浮気心が付いたら、後悔することもあろうと、思うばかりなの。この上ない高貴な人であっても、深い愛情も確かめないでは、結婚できないと思うの」

と言う。翁が言うには、

「（翁の）考えの▲1ごとくも、おっしゃったものよ。▲2そもく、どのように深い愛情のある人と、結婚しようとお思いなのか。これほど愛情の深い方々であるようだが」

かぐや姫の言うには、

★2「どれほどの深い愛情を見ようといおうか、ちょっとしたことなの。人々のこころざしは、同じようね。どうして、その中で劣り優りは分からない。五人の中で、（私の）欲しいものを下さる人に、おこころざしが優っているとして、お仕えしようと、そちらにいらっしゃるという方々に申して下さい」

と言う。

（翁は）「よいことだ」として、承知する。

日が暮れる頃、例によって集まって来る。ある者は笛を吹き、ある者は歌を唄い、ある者は笛・琴などの譜を吟じ、ある者は口笛を吹き、（ある者は）扇を鳴らしなどするところに、翁が、

出て行って言うには、

「忝ないことに、（こんな）汚なげな所に、年月を経ていらっしゃることは、この上なく恐縮」

と申し上げる。（重ねて）「（かぐや姫には）翁の命は、今日明日とも分からないのだから、このようにおっしゃって下さるお方々に対して、よく考えてお仕えせよと、（言い聞かせております）」（翁は続けて）申し上げる、

「（姫は）『もっともです。どなたも、劣り優りはおありでないので、（私の欲しいものを下さった方が）おこころざしの優れていらっしゃる方と見られましょう。お仕えすることは、それによって決めましょう』と言いますので、（私は）『これは、よい考えだ。お方々のお恨みもあるまい』と言っております」

と申し上げる。（これを聞いた）五人の人々も、

「これはよい考えだ」

と言うので、翁は、（部屋に）入って（かぐや姫に、このことを）言う。かぐや姫は、

「石作の皇子には、仏の御石の鉢という物がある、それを取って来て下さい」と言う。「くらもちの皇子には、東の海に蓬萊という山があると聞く、そこに、白銀を根とし、黄金を茎と

し、白い玉を実として立っている木がある、それを一枝、折ってきて下さい」と言う。「もう一人には、唐土にある、火鼠の皮衣を下さい。大伴の大納言には、竜の頸に五色に光る玉がある、それを取って来て下さい。石上の中納言には、燕の持っている子安の貝を、一つ取って来て下さい」

と言う。翁は、

「むずかしいことのようだ。この国にある物でもない。こんなむずかしいことを、どう申し上げようか」

と言う。かぐや姫は、

★3「どうしてむずかしいことなの」

と言うので、翁は、

「まあともかくも、申し上げよう」

と言って、（五人の方々の前に）出て、

「（かぐや姫は）このように（申しています）。申し上げていますように（品物を持って来て）プロポーズなさって下さい」

と言うと、皇子たち、大臣・大納言・中納言は、聞いて、（言うには）

「はっきりと、『家の周囲をうろつき回るな』とでもおっしゃらないのか」
と言って、**ションボリ**して、みんな帰っていく。

㊟＊点線ノ中デハ、数多ノ男タチノ中カラ、五人ニ限ラレテ行ク過程ガ、過去形デ簡潔ニ語ラレル。
☆1姫ハ翁ニ丁重ニ答エル。
☆2翁ハ姫ニ対シ、丁重ニ理ヲ尽クシテ説得スル。
☆3姫ハ翁ニ丁重ニ断ル。
★1・2・3姫ハ、翁ノ執拗ナ要求ニ、タメ口デ応ジル。
▲1「ごとく」・▲2「そもそも」翁ハ、姫ノ明快ナ返答ニ深ク納得スル一方デ、強ク説得スル。コノ二語ハ、通説デハ漢文訓読語トサレルガ、ココデハ庶民ノ語デアリ、翁ノ役柄ヲ示ス語。

二

本文

人の物ともせぬ所に、**まとひ**ありけども、なにのしるしあるべくもみえず。家の人どもに物をだにいはむとて、いひかくれども、こと〻もせず、あたりをはなれぬ君たち、夜をあかし、日をくらす、おほかり。

＊をろかなる人は、「ようなきありきは、よしなかりけり」とて、こずなりにけり。その中に猶いひけるは、色ごのみといはるゝかぎり五人、おもひやむ時なく、よるひる〈き〉（×二字アキ）けり。その名ども、石つくりのみこ・くらもちの御こ・〈右〉（×左）大臣あべのみむらじ・大納言大伴のみゆき・中なごんいそのかみのまろたり、この人々也けり。世中におほかる人だに、すこしもかたちよしときゝては、みまほしうする人どもなりければ、かぐやひめをみまほしうて、物もくはず思ひつゝ、かの家にゆきて、**たゝずみありき**けれど、かひあるべくもあらず。

ふみをかきてやれども、返事もせず、わび哥などかきてをこすれども、かひなしとおもへど、霜月・しはすのふりこほり、みな月のてりはたゝくにも、さはらずきたり。この人々、ある時は、竹とりをよびいでゝ、

「むすめをわれにたべ」

と、ふしをがみ、手をすりの給へど、

「をのがなさぬ子なれば、心にもしたがはずなむある」

といひて、月日すぐす。かゝれば、この人々、家にかへりて物をおもひ、いのりをし願をたつ。思ひ、やむべくもあらず。「さりとも、つゐにおとこあはせざらんやは」とおもひてたのみをかけたり。あながちにこゝろを **みえありく**。

　是をみつけて、おきな、かぐやひめにいふやう、

「我〈こ〉（×に）のほとけ、変化の人と申ながら、こゝらおほきさまでやしなひたてまつる心ざしをろかならず。おきなの申さん事は、聞給ひてんや」

といへば、かぐやひめ、
☆1「何ごとをか、の給はんことは、うけ給はらざらん。変化のものにて **侍** けん身ともしらず、おやとこそおもひたてまつれ」
といふ。おきな、

「うれしくもの給ふものかな」といふ。☆2「おきな、とし七十にあまりぬ。けふともあすともしらず。このよの人は、おとこは女にあふ事をす。おんなは男にあふ事をす。そのゝちなむ、門ひろくもなり **侍る**。いかでかさる事なくては、おわせむ」

かぐやひめのいはく、
☆3「なんでうさる事し **侍らむ**」

といへば、

「変化の人といふとも、女の身もち給へり。おきなのあらんかぎりは、かうてもいますかりなんかし。この人〴〵の、とし月を経てかうのみいましつゝの給ふことを、思ひさだめて、ひとり〳〵にあひたてまつり給ね」

といへば、かぐや姫いわく、
★1「よくもあらぬかたちを、ふかき心もしらで、あだごゝろつきなば、のちくやしきこともあるべきをと、思ふばかり也。世のかしこき人なりとも、ふかき心ざしをしらで〈は〉（×も）あひがたしとなんおもふ」といふ。おきないわく、
「思ひの▲1**ごとく**もの給ふかな、▲2**抑**いかやうなる心ざしあらん人にかあはんとおぼす。かばかり心ざしをろかならぬ人〴〵にこそあめれ」

かぐやひめのいはく、
★2「なにばかりのふかきをか、みんといはん、いさゝのことなり。人の心ざしひとしかんなり。いかでか、中にをとりまさりはしらん。五人の中に、ゆかしきものをみせ給へらんに、御心ざしまさりたりとて、つかうまつらむと、そのおはすらむ人〴〵に申給へ」といふ。
「よきことなり」

とうけつ。

日くるゝほど、れいのあつまりぬ。あるは笛をふき、あるはうたをうたひ、あるはしやうがをし、あるはうそぶき、あふぎならしなどするに、おきな、いでゝいわく、

「かたじけなく、きたなげなるところに、年月をへてものし給こと、きはまりたる、かしこまり」

と申す。「おきなの命、けふあすともしらぬを、かくの給ふ君たちにも、よくおもひさだめてつかうまつれ」と申。（×も）

「『ことはりなり。いづれもおとりまさりおはしまさねば、御心さしのほどは見ゆべし。つかうまつらんことは、それになむさだむべき』といへば、〈『これよき事也。人の御うらみもあるまじ』といふ」と申。五人の人々も、〉

「これよき事なり」

といへば、おきないりて〈いふ〉。かぐやひめ、

「石つくりのみこには、佛のいしのはちといふ物あり、それをとりてたべ」といふ。「くらもちのみこには、東の海にほうらいといふ山ある也、それに、しろかねをねとし、金をくきとし、白玉をみとして立てる木あり。それ一えだ、おりて給はらん」といふ。「いまひとりに

は、もろこしにあるひねずみのかはぎぬを給へ。大伴の大納言には、たつのくびに五色にひかる玉あり、それをとりて給へ。いそのかみの中納言には、つばくらめのもたるこやすのかひ、ゝとつとりて給へ」

といふ。おきな、

「かたき事にこそあなれ。このくにゝある物にもあらず。かくかたき事をば、いかに申さん」

といふ。かぐやひめ、

★3「何かかたからん」

といへば、おきな、

「とまれかくまれ申さん」

とて、いでゝ、

「かくなん、きこゆるやうに見〈せ〉給へ」

といへば、御子たち、上達部、聞て、

「おいらかに、『あたりよりだにななありきそ』とやはの給はぬ」

といひて、**うんじ**て、みなかへりぬ。

三　仏の御石の鉢

＊それでもなお、この女と結婚しないでは、生きていかれないような気がした‖ので「インドにある物でも、持って来ずにあるものか」と、思いあぐねて、石作の皇子は、心の長けている人で、「インドに二つとない鉢を、百千万里の程行ったとしても、どうして取って来られようか」と思って、かぐや姫のところへは、

「今日、インドへ石の鉢を取りに離日する」

と告げて、三年ばかり、大和の国十市の郡にある山寺の、賓頭盧の前にある鉢で、真っ黒に煤のついているのを取って来て、（それを）錦の袋に入れて、造花の枝につけて、かぐや姫の家に持って来て、見せた‖ところ、かぐや姫が、**首ヲ傾ゲテ**見ると、鉢の中に手紙がある。広げて見ると、

海山の道に心を尽くしはてないしのはちの涙ながれき

〈海や山を越え、筑紫からインドまで心を尽くし果て、鉢を求めて泣いて血の涙が流れた〉

かぐや姫が、「光はあるか」と見ると、蛍ほどの光さえ無い。

おく露の光をだにぞやどさましをぐら山にて何もとめけん

〈(本物の仏の石の鉢なら) 下りている露の光だけでもあるだろう。暗い小倉山で何を探して来たのだろう〉

と言って、(鉢を) つき返す。(皇子は) 鉢を門の辺りに捨てて、返事を返す。

白山にあへば光の失するかとはちを捨ててもたのまるゝかな

〈(この鉢も光はあったが〉白山のような姫に会うと、その光も失せるかと、鉢を捨て、恥を捨てて、(姫を) 頼みにしている〉

と詠んで、姫の部屋に届ける。かぐや姫は、返歌もしなくなる。(皇子の弁解も) 耳にも聞き入れなかったので、言いかねて、帰る。

あの (贋物の) 鉢を捨てて後も言い寄ったことから、厚顔なことを、「はぢ (鉢=恥) を捨てる」と言うようになった。

㊟＊コノ章段ハ、全体ガ過去ノ出来事トシテ簡潔ニ語ラレル。ソノタメ、石作ノ皇子ニ対シテ無敬語デ、語ラレテイル。

三

本文

＊猶、この女みでは、世にあるまじき心ちのしければ、「天竺にある物も、もてこぬものかは」と、思ひめぐらし、石つくりの御子は、こゝろのしたくある人にて、「天竺に二となきはちを、百千万里の程いきたりとも、いかでとるべき」とおもひて、かぐやひめのもとには、「けふなん、天竺へ石のはちとりにまかる」ときかせて、三年ばかり、大和國とをちの郡にある山寺に、びんづるの前なる鉢のひたぐろにすみつきたるをとりて、錦のふくろにいれて、つくり花の枝につけて、かぐやひめの家にもてきて、見せければ、かぐやひめ、**あやしがり**てみれば、はちに中にふみあり。ひろげてみれば、

うみ山のみちに心をつくしはてないしのはちのなみだながれき

かぐやひめ、「ひかりやある」とみるに、ほたるばかりひかりなし。

　をく露の光をだにぞやどさましをぐら山にてなにもとめけん

とて、かへしいだす。はちを門にすてて、此〈歌〉（×度）のかへしをす。

　しらやまにあへば光のうするかとはちをすてゝもたのまゝかな

とよみ（×す）ていれ（×て）たり。かぐや姫、かへしもせずなりぬ。みゝにも聞いれざりけれは、いひわづらひてかへりぬ。

かのはちをすてゝ又いひけるよりぞ、おもなき事をは、「はちをすつ」とはいひける。

四　蓬莱の玉の枝

＊1 くらもちの皇子は、策略に長けている人で、朝廷には、「筑紫の国に、湯治に参ります」と、休暇を申し出て、かぐや姫の家には、
「玉の枝を取りに都を離れる」
と使いを出して、下向なさるので、お供にお仕えする人たちは、皆難波までお送りした。

皇子は
「ごく内密で」
とおっしゃって、お供も何人も連れていらっしゃらず、お側近くお仕えする人たちに限って、出立なさる。お送りの人たちは、お見送り申し上げて、帰って来る。「お出掛けなさった」と他人

にお見せになって、三日ほど経って、漕ぎ帰りなさる。

＊2 あらかじめ、事は全て仰せ付けていた‖ので、当時一流の達人であった‖鍛治匠六人をお召し寄せになって、容易には人が近寄れない家を造って、細工用の炉を三重にした中に作って、鍛治匠らを部屋に入れなさって、皇子も同じところに籠もりなさって、領有なさっている限りの十六の荘園を【かみにくとあけて】玉の枝を作りなさる。かぐや姫のおっしゃるのと違わないように、作り上げる。たいそう巧みに企てて、難波に**コッソリ**運び出す。

「舟に乗って帰って来た」と、皇子の自邸に告げてやり、たいそうひどく**苦シガッテ**いる様子をつくろって、座っていらっしゃる。迎えに人々が多数参上する。玉の枝を、長櫃に入れて、豪華な織物で覆って、持って参上する。いつ聞いたのだろうか、「くらもちの皇子は、（三千年に一度咲くという）優曇華《うどんげ》の花を持って、上京なさった」と大騒ぎになった‖。これをかぐや姫は聞いて、「私は皇子に負けるに違いない」と、胸がうちくだかれる思いに沈んだ‖。

こうしているうちに、門を叩いて、

「くらもちの皇子が、いらっしゃった」

と告げる。

「旅の御装束のままでいらっしゃった」

と言うので、（翁が）お会い申し上げる。皇子が、おっしゃるには、

「命をかけて、あの玉の枝を持って来た」とあって、（家来が翁に）「かぐや姫に、お見せ申し上げて下さい」

と言うので、翁は、持って（奥に）入る。

＊3 この玉の枝に、手紙が付けてあった。

いたづらに身はなしつとも玉の枝を手折らでたゞに帰らざらまし

〈（苦難を重ね）我が身をむなしくしようとも玉の枝を手折らずに手ぶらで帰ることはしなかっただろう〉

この歌を、（姫が）面白いとも思わず見ていると、竹取の翁は、（姫の部屋に）駆け入って言う

には、

「この皇子にお願い申し上げなさった蓬萊の玉の枝を、寸分の違いもなく、持っていらっしゃった。（今更）何にかこつけて、とやかく申し上げられよう。旅の御装束のままで、御邸宅にもお寄りなさら▲1**ずして**、ここにお出でになられた。早く、この皇子にお会い申し上げなさい」

と言うが、（姫は）物も言わないで、頰杖をついて、たいそう嘆かわしそうに、している。くらもちの皇子は、

「今となっては、とやかく言う▲2**べきでない**」

と言うままに、縁側に這い上りなさる。翁は、当然といった**顔ツキヲシテ**、

「この国で見られない玉の枝だ。この度は、どうしてお断り申し上げられよう。容姿・品格とも秀れた方でいらっしゃる」

と言って（その場に）座っている。かぐや姫が言うには、

「親のおっしゃることを、ひたむきにお断り申し上げるのも気の毒なので……」と、手に入れ難いものを、こんなに意外なことに持って来たことをいまいましく（思っていると）、翁は、寝室の中を整えなどしている。

翁が、皇子に申し上げるには、
☆1「**どのような処に、この木はございましたか。不思議なほど、端麗で、すばらしい物で**」
と申し上げる。皇子が、答えておっしゃるには、

*4「三年前の二月の十日ごろに、難波から舟に乗って、海の中に出て、行く方角も分からず思われたが、思うことが成就しないで、世の中に生きて何のかいがあろうと思ったので、ただ空しい風に任せてさまよう。命がなくなったらどうにもならない、生きている限りはこのようにして、蓬莱とかいう山にたどり着くかと、波の中にただよって、日本の近海から離れて、航海していたうちに、ある時は波が荒く、海の底に入ってしまいそうになり、ある時には、風にあおられて知らない国に吹き寄せられて、鬼のようなものが出て来て、(私を)殺そうとした。ある時には、来た方向も行く方向も分からず、海に紛れそうになった。ある時には、食糧が尽きて草の根を食べ物にした。ある時には、言いようもなく不気味なものが出てきて、食いかかろうとした。

ある時には、海の貝を取って、命を継ぐ。旅先で助けて下さる人もいない処で、様々な病に罹って、行く先さえも分からず、舟の行くままに、海に漂って、五百日という午前八時頃に、海の中にかすかに山が見える。(揺れる)舟の中から、懸命に見る。(すると)海上に漂って山が、た

いそう大きく見える。その山の様子は、高く端麗だ。これが、私が探している山であろうと思って、さすがに恐ろしく思われて、山の周囲を（漕ぎ回って、）二、三日ほど見て回ると、天人の装束を着けている女が、山の中から出て来て、白銀のお椀を持って、水を汲んでいる。これを見て、舟を下りて、「山の名を、何と申すか」と尋ねる。女が、答えて言うには、「これは蓬萊の山だ」と答える。これを聞くにつけ、嬉しいことは、限りない。この女が、「このようにおっしゃる方はどなたか」と尋ねる。（私が、自分の名を明かすと、女は）「私の名は、うかんるり」と言って、**サット**山の中に入って行く。

その山は、見ると、全く登れそうにない。その山の、険しい斜面をめぐると、世の中に無い花の木々が立っている。黄金・白銀・瑠璃色の水が、山から流れ出ている。それには、色とりどりの玉（で造った）橋が渡してある。その辺りに、照り輝く木々が立っている。

＊5その中に、この取って戻って参ったのは、たいそう見劣りがしたが、（かぐや姫が）おっしゃったのに違っていたら（と案じながら）、この花を折って戻って参ってくる。山は限りなく心はればれとする。世にたとえるべきもなかったけれど、この枝を折り取ったので、いっそう（姫が）気掛かりで、舟に乗り、追い風が吹いて、四百余日に、戻って参った。

仏の大願力のお蔭であろうか。難波から、昨日、都に戻って参っている。その上潮に濡れた衣服さえ脱ぎ替えないで、ここに戻って参っている」
と（皇子が）おっしゃると、翁は、聞いて思わず**アアト、嘆息シテ**詠む、
くれ竹のよゝの竹とり野山にもさやはわびしきふしをのみ見し
〈竹の節の空洞の「よ＝（世）」を重ねてきた暮らしの野山にも皇子のご苦労のようなことに遭遇したことはなかった〉
これを皇子は聞いて、
☆2「**この日ごろ思い沈んでいました気持ちは、今日、落ちつきました**」
とおっしゃって、返歌は、
わが袂けふかはければ侘しさのちぐさの数も忘られぬべし
〈私の袂は今日乾いていたので、沈んだ気持ちの様々な思いも忘れられるだろう〉
とおっしゃる。
こうしている時に、男ども六人が、連れ立って庭に出てくる。一人の男が、文挟みに文を挟み、
（申し上げる）
「作物所《つくも》の工匠、漢部内麻呂《あやべのうちまろ》が申し上げることは、玉の木をお作り致したこと、五穀を断って千日余り力を尽くしたこと（など、）少なくない。▲3**しかるに**、労賃をまだに戴いて

いない。これを戴いて、弟子に与えたい」

と言って、（文挟みを）さし上げている。竹取の翁は、「この工匠らが申し上げることは、何事か」と、**首ヲ傾ゲテ** いる。皇子は、茫然とした様子で、魂も失せているように座り込んでいらっしゃる。内麻呂の口上を、かぐや姫が聞いて、

「この、さしあげている文を受け取れ」

と言って、（文を）見ると、

＊6 文で言上したことは、

皇子様は、千日の間 卑賤の工匠どもと一緒に、同じ所に隠れていらっしゃって、すばらしい玉の枝を作らせなさって、官人の位も与えてやろうと仰せになった。この事情を近頃考えてみると、御愛人としていらっしゃるにちがいないかぐや姫が御所望のものだったのだと承って、このお邸から代価を頂きたい。

と申し上げて、

「頂きたいのだ」

と言うのを聞いて、かぐや姫が、日の暮れるにつれ（暗い気持ちに）思い沈んでいた気持ちが、明るく笑い栄えて、翁を呼び寄せて、言うには、

「本当に蓬莱の木かと思った。このようにあさましい虚言であったたから、早く、返して下さい」

と言うので、翁が、答える。

「確かに、作らせた物と聞いたので、返すことは、たいそう簡単だ」

と、頷いている。

かぐや姫の気持ちはなごんで、例の歌の返し、

まことかと聞きて見つれば言の葉を飾れる玉の枝にぞありける

〈本当かと（皇子の話を）聞いて見ていたが、言葉を飾った（偽の）玉の枝であったよ〉

と言って、（返歌に添えて）玉の枝も返す。竹取の翁は、（皇子を）あれほど信じて（先程まで）話し合っていることが、さすがに決まり悪くて、眠っているふりをしている。皇子は、立っているのも中途半端、座っているのも中途半端で、身の置き所なくていらっしゃる。日が暮れると、そっと抜け出て行かれる。

あの、訴えた工匠を、かぐや姫は、呼び（庭に）座らせて、

「嬉しい人たちだ」

と言って、ご褒美をたいそう多く取らせなさる。工匠らは、とても**ウレシガッテ**、

「思っていた通りに叶えられたな」

と言って帰る。その途中で、くらもちの皇子は、血が流れるまで懲らしめさせなさる。

＊7褒美を得たかいもなく、みな取り上げて捨てさせなさったので、（工匠らは）逃げうせた。
こうして、この皇子は、

「▲4**一生の恥**、これに過ぎるものは無い。女を得られなかっただけでなく、天下の人が、見て、思うだろうことが、恥ずかしい」

とおっしゃって、たゞお一人で、山深く入ってしまわれる。侍臣たち、お仕えする人々、皆、手分けをしてお探しするが、お亡くなりなされたのだろうか、見つけ申し上げられずに終わる。皇子が、お供の人から（身を）隠そうとなさって、長年見つけられなくなさったのだった。これを、「玉さかる」〈玉の枝が偽物とばれ、魂が離れる〉とは言い始めた。


㊟＊1点線ノ中ハ、コノ章段ノ始マリデ、過去形デノ語リ。
＊2点線ノ中ハ、ソノ前ト場面ガ変ワリ、皇子ガ国内デ贋ノ玉ノ枝ヲ作リ、姫ニ届ケヨウトシ、姫ガダマサレカカル過去形デノ語リ。

＊3点線ノ中ハ、姫ノ視点デ語ラレ、姫ガ手紙ニ気ヅキ、皇子ノ歌ヲ読ム。
＊4・＊5ノ点線ノ中ハ、皇子ガ**実際ニ体験シタコト**ダト、偽ッテ話ス長イ作リ話ノ最初ノ部分ト最後ノ部分ニ「**き**」ガ用ラレル。地ノ文ノ「**けり**」ニ類似スル用法。ココハ皇子ノ作り話ヲ、**物語中の物語**トシテ、コノヨウナ表現技法ヲ用イタ。
＊6点線ノ中ハ、前出ノ男ノ口上ガ、ココデ詳細ナ文ニ書カレテ確認サレタトスル語リ。
＊7点線ノ中ハ、コノ章段ノ終ワリノ過去形デノ語リ。
☆1翁ハ皇子ノ話ヲ信用シテ、感動シ称賛シ、尊敬シテ丁重ニ尋ネル（本文「さぶらふ」）。
☆2皇子ガ用イタ丁重語ハ、翁ノ背後ノ姫ヲ意識シタモノ。
▲1「ずして」ハ、庶民デアル翁ノ役柄ヲ表スト共ニ、「（オ立チ寄リナサラ）ナイデ！」ノ強調表現デモアル。▲2「べきでない」ノ本文「**べからず**」ハ皇子ノ用イタ強調表現。▲3「しかるに」は庶民デアル工匠ノ役柄ヲ表ス。▲4漢語「一生」ヲ用イタ皇子ラシイ言葉。【かみにくとあけて】ハ意味未詳。

四 本文

＊1くらもちの御子は、心たばかりある人にて、おほやけには「つくしの國にゆあみにまからん」とて、いとま申して、かぐやひめの家には、

「玉の枝とりになんまかる」

といはせてくだり給に、つかうまつるべき人〴〵、みな難波まで御をくりしける。

御子、

「いとしのびて」

とのたまはせて、人もあまたゐておはしまさず、ちかうつかうまつるかぎりして、いで給ぬ。御をくりの人々、みたてまつりをくりて、かへりぬ。「おはしぬ」と人には見え給て、三日ばかりありて、こぎかへり給ぬ。

＊2かねて、ことみなおほせたりければ、その時ひとつのたからなりけるかぢたくみ、六人をめしとりて、たはやすく人よりくまじき家をつくりて、かまどをみへにしこめて、たくみらを入給つゝ、御こもおなじところにこもり給て、しらせたまひたるかぎり十六そを、**【かみにくとあけて】**玉のえだをつくり給。〈か〉ぐやひめのたまふやうにたがはず、つくりいでつ。いとかしこく〈た〉（×に）ばかりて、難波に**みそかに**もていでぬ。

「舟にのりてかへりきにけり」

と、殿につげやりて、いといたく**くるしがり**たるさまして、ゐたまへり。むかへに人おほくまいりたり。玉の枝をば、ながびつにいれて、物おほひて、もちてまいる。

いつかきゝけん、

「くらもちの御こは、うどんぐゑの花もちてのぼり給へり」

とのゝしりけり。これをかぐやひめきゝて、「われはこのみこにまけぬべし」と、むねつぶれておもひけり。

かゝるほどに、かどをたゝきて、

「くらもちのみこ、おはしたり」

とつぐ。

「たびの御すがたながらおはしたり」

といへば、あひたてまつる。御この給はく、

「命をすてゝ、かの玉の枝もちてきたる」とて、「かぐやひめに、見せたてまつり給へ」といへば、おきな、もちていりたり。

＊3 この〈たまの〉えだにふみぞつけたりける。
いたづらに身はなしつとも玉の枝ヲたを〈ら〉（×り）で〈たゞ〉（×さら）にかへらざらまし

これを、あはれともみでをるに、たけとりのおきな、はしり入ていわく、

「このみこに申給しほうらいの玉の枝を、ひとつのところもあやまたず、もておはしませり。なにをもちて、とかく申べき。たびの御すがたながら、わが御家へもより給は▲1ずして、おはしましたり。はや、このみこにあひつかうまつり給へ」

といふに、物もいはず、つらづえをつきて、いみじくなげかはしげに、**思ひ**たり。此みこ、

「いまさへ、なにかといふ▲2**べからず**」

といふまゝに、えんにはひのぼり給ぬ。おきなことはりに**思ふ**、

「この国にみえぬ玉の枝なり。このたびは、いかでいなび申さむ。人ざまもよき人におはす」

などいひゐたり。かぐやひめいうやう、

「おやの、給事を、ひたぶるにいなび申さんことのいとおしさに」

〈と〉とりがたき物を、〈かく〉あさましくもてきたることをねたく思ひ、おきなは、ねやのうちをしつらひなどす。

おきな、みこに申やう、

「いかなる所にか、この木は **さぶらひ** けむ。あやしく、うるはしく、めでたきものにも」

と申。みこ、こたへての給はく、

＊4「さおとゝしのきさらぎの十日ごろに、難波よりふねにのりて、海の中にいでゝ、ゆかんかたもしらずおぼえしかど、おもふ事ならで、世中にいきてなにかせんと思ひしかば、たゞむなしき風にまかせてありく。いのちしなばいかゞはせん、いきてあらんかぎり、かくありきて、ほうらいとい〈ふ〉（×へ）らん山にあふやと、海にこぎたゞよひありきて、わが國のうちをば、なれて、ありきまかりしに、ある時は、浪あれつゝうみのそこにもいりぬべく、ある時には、かぜにつけてしらぬ國にふきよせられて、鬼のやうなるものいできて、ころさんとしき。あるときには、きしかた行すゑもしらず、うみにまぎれんとしき。ある時には、かてつきて草のねをくひ物としき。あるときは、いはんかたなくむくつけゞなる物いできてくひかからむとしき。

ある時には海のかひをとりていのちをつぐ。旅のそらに、たすけ給べき人なき所に、色〳〵のやまひをして、行方空もおぼえず。舟の行にまかせて、海にたゞよひて、五百日といふたつの時ばかりに、うみの中にはつかに山みゆ。舟のうちをなむせめてみる。海のうへにたゞよへる山、いとおほきにてあり。その山のさま、たかくうるはし。これや、わがもとむる山ならんとおもひて、さすがにおそろしくおぼえて、山のめぐりを二、三日ばかりありくに、天人のよそほひしたる女、山の中よりいできて、しろかねのかなま〈り〉（×る）をもちて、水をくみありく。これをみて、舟よりおりて、「この山の名を、なにとか申」とゝふ。女、こたへていはく、「これはほうらいの山なり」とこたふ。これをきくに、うれしき事、かぎりなし。この女の「かくの給はたれぞ」とゝふ。「わが名はうかんるり」といひて、**ふと**山の中にいりぬ。その山、見るに、さらにのぼるべきやうなし。その山の、そばひらをめぐれば、世中になき花の木どもたてり。こがね・しろかね・るり色の水、山よりながれいでたり。それには、色〳〵の玉のはしわたせり。そのあたりに、てりかゝやく木どもたてり。

＊5 その中に、このとりてもちてまうできたりしは、いとわろかりしかども、の給ひしにたがはましかばとて、〈この〉はなをゝりてまうできたるなり。山はかぎりなくおもしろし。よにたとふべきにあらざりしかど、このえだをおりてしかば、さらに心もとなくて、舟にのりて、をいかぜふきて、四百よ日になん、まうできにし。

大願力にや。なにはより昨日なん、都にまうできつる。さらにしほにぬれたるころもをだに、ぬぎかへでなむ、こちまうできつる」
との給へば、おきな、きゝて、**うちなげき**てよめる、
くれたけのよゝのたけとり野山にもさやはわびしきふしをのみゝし
これをみこきゝて、
「こゝらの日ごろ思ひわび**侍**つる心は、けふなんおちゐぬる」
との給て、返し、
わがたもとけふかはければわびしさのちぐさのかずもわすられぬべし
との給。
かゝるほどにをとこども六人、つらねてにはにいできたり。一人のおとこ、ふばさみに文をはさみ、
「〈つ〉くも（×む）〈ところ〉（×つかさ）のたくみあやべのうちまろ申さく、玉の木をつかふまつりし〈こ〉（×か）と、五こくをたちて千よ日にちからをつくしたることすくなからず、▲3**しかるに**ろくいまだ給はらず。これヲ給て、わろきけこに給はせん」
といひて、さゝげたり。竹とりのおきな、このたくみらが申ことを、「なに事ぞ」と**かたぶきおり**。みこはわれにもあらぬけしきにて、きもきえゐ給へり。これを、かぐやひめきゝて、

「このたてまつる文をとれ」

といひて、みれば、

＊6 文に申けるやう、

みこの君、千日いやしきたくみらともろともに、おなじ所にかくれゐ給て、かしこき玉の枝をつくらせ給ひて、つかさも給はん、とおほせたまひき。これをこのごろあむずるに、御つかひとおはしますべきかぐやひめのえうじ給べきなりけりとうけたまはりて、この宮より給はん。

と申て、

「給はるべきなり」

といふをきゝて、かぐやひめの、くるゝまゝに思ひわびつる心ち、わらひさかへて、おきなをよびとりていうやう、

「まことにほうらいの木かとこそおもひつれ。かくあさましきそらごとにてありければ、はやかへし給へ」

といへば、

おきな、こたふ、

「さだかに、つくらせたる物とき〻つれば、かへさむこといとやすし」

とうなづ〈きを〉（×け）り。

かぐやひめの心ゆきはてゝ、ありつる哥の返し、
まことかときゝてみつればことの葉をかざれる玉の枝にぞありける
といひて、玉の枝もかへしつ。竹とりのおきな、さばかりかたらひつるが、さすがにおぼえてねぶりをり。みこは、たつもはした、ゐるもはしたにて、ゐ給へり。日のくれぬれば、すべりいで給ぬ。

かの、うれへせしたくみをば、かぐやひめ、よびすへて、

「うれしき人どもなり」

といひて、録いとおほくとらせ給。たくみら、いみじう**よろこびて**、

「思ひつるやうにもあるかな」

といひてかへる。道にて、くらもちのみこ、ちのながるゝまで調ぜさせ給。


*7 ろくえしかひもなくて、みなとりすてさせ給てけれは、にげうせにけり。

かくてこのみこは、

「▲4 **一しやうのはぢ**、これにすぐるはあらじ。女をえずなりぬるのみにあらず、天下の人

の見おもはむ事の、はづかしきこと」

との給ひて、たゞ一所、ふかき山へいり給ぬ。宮づかさ、さぶらふ人々、みな手をわかちて、もとめたてまつれども、御しにもやし給けむ、えみつけたてまつらずなりぬ。御子の、御ともにかくしたまはんとて、年ごろみえ給はざりけるなりけり。これをなむ「玉さかる」とはいひはじめける。

五　火鼠の皮衣

＊1 右大臣阿倍のみむらじは、財力は豊かで、一族が繁栄している人でいらっしゃった。その年やってきた唐船の（持ち主の）王慶という人のもとに、手紙を書いて、

　火鼠の皮とかいう物を、買ってよこしてくれ。

といって、お仕えする人の中でしっかりしている人を選んで、小野の房守という人に託して、（その船に便乗させて）派遣する。（房守は手紙を）持って到着して、唐土に居る王慶に、金を与える。王慶が、手紙を広げて見て、返事を書く。

★1 火鼠の皮衣は、この国に無い物だ。噂には聞くけれども、未だ見ない物だ。この世に存在する物ならば、この国に持って参りたい。たいそうむずかしい商談だ。▲**しかしながら、**もしインドにたまたま渡来した物なら、長者の家あたりに訪ねて手に入れることもあろ

う。（そこにも）無い物ならば、使に託して、金をお返し致そう。
と書いてある。（この手紙を小野の房守に随行した家来が急いで帰朝して大臣に届け、それから何年か経って、火鼠の皮衣を手に入れた小野の房守を乗せた）あの唐船がやって来た。

「小野の房守が帰朝して、参上する」と言うことを聞いて、（大臣は）駿馬でもって、（使者を）走らせ迎えさせなさる時に、（房守はその）馬に乗って、筑紫から、たった七日で京に参上する。手紙を見ると、

☆火鼠の皮衣を、かろうじて使を出して手に入れて差し上げます。今の世にも昔の世にも、この皮は、たやすく得られない物でした。昔、尊いインドの高僧が、この国に持って渡ったものでございます。（唐土の）西の山寺にあると聞き及んで、朝廷に申請して、かろうじて買い取って、差し上げます。代金が不足していると、国司が（山寺と交渉して）使者に申しましたので、私、王慶の品物を添えて、買い取りました。もう五十両下さい。船が帰る折に送って下さい。もし、お金が頂けないなら、あの皮衣の品をお返し下さい。

と書いてあるのを見て、（大臣は）
「何をお思いか。今、お金は僅かばかりのようだ。嬉しくもよこしてくれたな」

と言って、唐土の方角に向かって、伏し拝みなさる。

この皮衣を入れてある箱を見ると、種々の美しい瑠璃を彩色して作ってある。皮衣を見ると、紺青色である。毛の末の方は、黄金色に光り、輝いている。宝物と見え、美しいことは比べる物は無い。火に焼けないことよりも、善美を尽くし、比類無い。

「なるほど、かぐや姫が、好まれなさるものであった」

とおっしゃって、「あゝ、恐れ多い」と、（皮衣を）箱に入れなさって、草木の枝に付けて、おん身の衣装を飾って、「このまゝ先方に泊まることになるぞ」とお思いになって、歌を贈り物に付けて、持参していらっしゃる。その歌は、
かぎりなきおもひに焼けぬ皮衣 袂かはきて今日こそは着め
〈限りなく激しい私の恋の思いの火にも焼けない皮衣、（その皮衣を手に入れて、恋の涙に濡れた）衣も乾いて今日こそは着られよう〉

と書いてある。

（かぐや姫の）家の門に持参して、到着して立っている。竹取の翁が、出て来て受け取って、かぐや姫に見せる。かぐや姫が、皮衣を見て言うには、
★2「美しい皮のようね。（でも）特に（これが）本当の皮であろうとも分からないわ」

竹取の翁が、答えて言うには、

「とにもかくにも、先ずはお招き入れ申し上げよう。世の中で見られない皮衣の様子なので、これを本物と思いなさい。あの人をひどく困らせ申し上げなさるな」

と言って、呼んで席につかせ申し上げる。「このように家に招じいれて、この度は必ず結婚するだろう」と、嫗も内心思っている。この翁は、かぐや姫の独身であることを嘆かわしく思っているので、高貴な人と結婚させようと考えているけれど、（姫は）頑固に「嫌よ」と言うことなので、無理強いできないのも、道理である。

かぐや姫が、翁に言うには、

★3「この皮衣は、火に焼いても焼けなかったら、本物だと思って、人の言うことにも従うわ。（大臣は）『世の中に無い物なので、これを本物だと疑わずに思おう』とおっしゃる。（でも）やはり、これを焼いてみよう」

と言う。翁は、

「それは、言われる通りだ」

と言って、大臣に、

「（かぐや姫は）このように申す」

と言う。大臣が、答えて言うには、

「この皮は、唐土にも無かった物を、やっとのことで探し出して手に入れたのだ。何の疑いがあろう」（と大臣は言うが、翁は）

「（唐の商人が）そう申し上げたといっても、はやく焼いてご覧下さい」

と言うので、（大臣が）火の中に投げ入れて焼かせなさると、**メラメラト** 焼けてしまう。

（かぐや姫は）
★4「思ったとおり。違う物だったわ」
と言う。大臣は、これをご覧になって、顔は（血の気が失せ）草の葉の色になって、座っていらっしゃる。かぐや姫は、ああ嬉しいと、喜んで座っている。

＊2（先程）大臣がお詠みになった〓歌の返しを、（皮衣が焼けてしまい不用になった）箱の中に入れて返す。（その歌は）
なごりなく燃ゆと知りせば皮衣思ひのほかにおきて見ましを
〈跡形もなく燃えると分かっていたら、（皮衣を）火の中に入れずに置いて（その美しさを）賞美していたらよろしかったのに〉

と詠んであった‖。このようなわけで、（大臣は）お帰りになった‖。

世間の人々は、

「阿倍の大臣は、火鼠の皮衣を持参なさって、かぐや姫と結婚なさったとね。そこにいらっしゃるか」

などと尋ねる。

（翁の邸に）住む人の言うには、

「皮は、火にくべて焼いたら、**メラメラト**焼けてしまったので、かぐや姫は、結婚なさらない」

と言った‖ので、これを聞いて、遂げられないことを「あへなし」〈敢えない＝阿倍ない〉

と言った‖。

㊟＊1点線ノ中ハ、コノ章段ノ始マリヲ示スト共ニ、コノ間ニカナリノ年月ガ経ッテイルコトガ、過去形デ語ラレル。**点線中ノ最後ノ（　）ノ中ハ、本文ニハ無ク大幅ニ補ッテアル**。

＊2点線ノ中ハ、コノ章段ノ終ワリヲ示ス語リ。

☆王慶ガ五十両モ増額シタノハ、贋物ヲ高価ナ本物ト思ワセルタメデ、手紙ノ言葉遣イモ「侍り」ヲ用イ、丁重ヲ装ッタ。

▲「しかしながら」ノ本文「しかれども」ハ、王慶ガ日本ノ庶民並ミニ扱ワレタモノ。
★1ハ、「侍り」ヲ用イナイ横柄ナ王慶ノ手紙。
★2★3★4ハ、結婚スル意志ノ無イ姫ガ、タメ口デ答エル。

五

本文

＊1右大臣あべのみむらじは、たからゆたかに、家ひろき人にて〈ぞ〉おはしける。その年きたりけるもろこし舟の、わうけいといふ人のもとに、文をかきて、

　ひねずみのかはといふなる物かひてをこせよ。

とて、つかうまつる人の中に心たしかなるをえらびて、小野のふさもりといふ人をつけてつかはす。もていたりて、かのもろこしにをるわうけいに、こがねをとらす。わうけい、文をひろげてみて、返事かく。

★1火ねずみのかは衣、この國ニなき物なり。をとにきけども、いまだみぬ物なり。世にある

ものならば、この國にももてまうできなまし。いとかたきあきなひなり。▲しかれども、もし天ぢくにたまさかにもてわたしなば、もし長者のあたりにとぶらひもとめむに。なき物ならば、つかひにそへて、金をばかへしたてまつらん。

といへり。

かのもろこし舟きけり。

「小野のふさもりまうできて、まうのぼる」といふことをきゝて、あゆみとうする馬をもちてはしらせ、むかへさせ給時に、馬にのりてつくしよりたゞ七日にのぼりまうできたる。ふみをみるにいはく、

☆火ねずみのかは衣、からうして人をいだしてもとめてたてまつる。今の世にもむかしのよにも、このかはゝたはやすくなき物なりけり。むかし、かしこき天竺のひじり、この国にもてわたりて**侍**ける。西の山寺にありときゝをよびて、おほやけに申て、からうしてかひとりて、たてまつる。あたいの金すくなしと、こくし、使に申しゝかば、わうけいが物くはへて、かひたり。今かね五十両給はるべし。舟のかへらんにつけて、たびをくれ。もし金給はぬ物ならば、かは衣のしちかへしたべ。

といへることをみて、

「なにおぼす。〈いま〉、金すこしにこそあなれ。うれしくしてをこせたるかな」

とて、もろこしのかたにむかひて、ふしをがみ給ふ。

このかはごろもいれたるはこをみれば、くさぐ〳〵のうるはしきるりを色えてつくれり。かは衣をみれば、こんじやうのいろなり。毛のすゑには、金の光し、さしたり。たからとみえ、うるはしきことならぶべき物なし。火にやけぬことよりも、けうらなる事ならびなし。

「うべ、かぐやひめ、このもしがり給にこそありけれ」

との給て、「あなかしこ」とて、はこにいれ給て、もの、枝につけて、御身のけさういといたくして、「やがてとまりなんものぞ」とおぼして、うたよみくはへて、もちていましたり。そのうたは、
かぎりなきおもひにやけぬかは衣たもとかはきてけふこそはきめ
といへり。

家のかどにもちていたりて、たてり。たけとり、いできてとりいれて、かぐやひめにみす。かぐやひめのかはぎ〈ぬ〉をみて、いはく、
★2「うるはしきかはなめり。わきてまことのかはならんともしらず」

たけとり、こたへていはく、

「とまれかうまれ、まづしやうじいれたてまつらん。世中にみえぬかはぎぬのさまなれば、これをと思ひ給ひね。人ないたくわびさせ（×給）たてまつらせ給そ」

といひて、よびすへたてまつれり。「かくよびすへて、このたびはかならずあはせん」と、女のこゝろにもおもひをり。このおきなは、かぐやひめのやもめなるを、なげかしければ、よき人にあはせんとおもひはかれど、せちに「いな」といふ事なればえしひねば、ことはりなり。

かぐやひめ、おきなにいはく、

★3「このかは衣は、火にやかむにやけずはこそ、まことならめとおもひて、人のいふことにもまけめ。『世になき物なれば、それをまことゝうたがひなく思はん』との給。なを、これをやきて心みん」

といふ。おきな、

「それ、さもいはれたり」

といひて、大臣に、

「かくなむ申」

といふ。大臣こたへていはく、

「このかは、、もろこしにもなかりけるを、からうしてもとめたづねてえたる也。なにのうたがひあらん」

「さは申とも、はやゝきてみ給へ」

といへば、火の中に**うち**くべてやかせ給ふに、**めら〳〵**とやけぬ。
★4「さればこそ、こと物のかはなりけり」
といふ。大臣、これをみ給て、かほは草のはの色にてゐ給へり。かぐや姫は、あなうれしと、よろこびてゐたり。


かのよみ〈給〉ける哥のかへし、はこにいれてかへす。

なごりなくもゆとしりせばかは衣おもひのほかにをきてみましを
とぞありける。されば、かへりいましにけり。

世の人〳〵、

「あべの大臣、ひねずみのかはぎぬもていまして、かぐやひめにすみ給ふとな。こゝにいます」

とゝふ。

ある人のいはく、

「かはゝ、火にくべてやきたりしかば、めらめらとやけにしかば、かぐやひめ、あひ給はず」

といひければ、これをきゝてぞ、とげなきものをば、「あへなし」と、いひける。

六　竜の頸の玉

大伴のみゆきの大納言は、自分の家にいる人全員を、呼び集めなさって、おっしゃる、

「竜の頸に、五色の光がある玉があるそうだ。それを取って※1献上した人には、願うことを叶えよう」

とおっしゃる。家来たちは、仰せ言を承って申し上げる、
★1「仰せの件は大変尊い。▲1たゞし、この玉は、たやすくは取れないものを。
▲2いわんや、竜の頸の玉は、どうやって取ろうか」と（皆で）申し上げる。
大納言の仰せ言は、

「主君の命を奉ずる使という者なら、命を捨てても、主君の仰せ言を叶えようと思って当然だろう。（竜の頸の玉は）わが国に無く、（また）インドや唐土の物でもない。この国の海山

から、上ぼる物だ。どう思ってか、お前たちは、むずかしいと※2申し上げられようか」
家来たちが申し上げるには、
★2「それならば、どうしようもない。むずかしい事であろうと、仰せ言に従って、探し求めて
参上しよう」
と申し上げると、大納言は、ご立腹が納まって、
「お前たちの主君大伴大納言の使として、（お前たちは）名を知られている。主君の仰せ言に
背けようか」
とおっしゃって、竜の頸の玉を取りにといって、出発させなさる。この人々の道中の糧、食べ物
に、邸にある絹・綿・銭など、ある限りを取り出して、持たせて遣わせなさる。

＊1「この者どもが帰って来るまで、斎戒精進して、私はいよう。この玉を取れないなら、家に
帰って来るな」
とおっしゃった。

家来みんなは仰せを承って、退出する。

『竜の頸の玉を取れないなら、家に帰って来るな』とおっしゃるので、どちらへでもどちらへでも（めいめい）足の向く方向へ行ってしまおう」

「このような酔狂なことをなさるなんて」

と、非難しあっている。頂戴している物を、各人分配する。ある者は自分の家に籠もっている。ある者は自分の行きたいところへ去る。

「親とか君とか申し上げても、このような似つかわしくないことを命じなさるなんて」

と、物事がうまく運ばぬゆえ、大納言を非難し合っている。

「かぐや姫を住まわせるには、普通のようでは見苦しい」

と（大納言は）おっしゃって、美しく整った邸を造りなさって、漆を塗り、（金銀粉を蒔きつけて）蒔絵として壁を作りなさって、屋根の上には、糸を染めて色々に葺かせて、内部の飾り付けには、言いようのない美しい模様の絹織物を柱と柱の間にに貼ってある。元の妻らは（離縁して）、かぐや姫を必ず妻に迎えようと準備して、独りで明かし暮らしなさる。

お遣わしになさった人々は、夜昼待ちなさるが、年を越すまで音沙汰も無い。（大納言は）**待チ遠シガリ**なさって、たいそうお忍びで、ただ下級の家来二人を取り次ぎの者として、身なりをおやつしになり、難波の辺にいらっしゃって、お尋ねなさることは、

「大伴の大納言殿の家来が、舟に乗って、竜を殺して、その頸の玉を採ったと聞いているか」

と尋ねなさると、船人が、答えて言うには、

「妙な事よ」と笑って、★3「そのようなことをする船も無い」

と答えるので、「無礼なことを言う船人でもあるな。（この高貴な自分のことを）知り得ないで、こんなふうに言う」とお思いになって、

「自分の弓の実力は、竜がいたら、さっと射殺して、頸の玉は取ってしまう。遅れて来る奴らのことは待つまい」

とおっしゃって、舟に乗って、あちらこちらの海を巡っていらっしゃると、たいそう遠くに来て、筑紫の方の海に、漕ぎ出なさる。

どういうわけか、強い風が吹いて、辺り一面暗くなって、舟を吹いて流す。どの方向とも分からず、舟を、海中に沈没させてしまいそうに吹き回して、波は舟にうちかかりながら巻き入れ、雷は落ちかかるように閃く。このようなことで、大納言は、目を回して、

「いまだ、こんな辛い目にあったことは無い。どうなっていくのだろう」

とおっしゃる。船頭が、答えて申し上げる。
★4「幾度となく舟に乗ってあちこち参るが、まだ、こんなに辛い目にあっていない。もしも、

神の助けがあるなら、南の海に吹かれていらっしゃるだろう。つまらない主人の許にお仕えして、無駄な死に方をするようだな」

と言って、船頭は、泣く。大納言は、これを聞いておっしゃる、

「船に乗ったら、船頭の※3**申し上げる**ことをこそ、高い山とも頼りにしよう。どうして、このように頼りないことを※3**申し上げる**のか」

と、反吐をつきながらおっしゃる。船頭は、答えて申し上げる。

★5「神様でないので、何事をして差し上げられようか。風が吹き、波が激しいけれども、雷までが頭の天辺に落ちかかってくるようなのは、竜を殺そうと探しなさったせいで、あるのだ。疾風も、竜が吹かせているのだ。はやく、神にお祈りなされ」と言う。

「(それは)よいことだ」と言って、「船頭の神様、お聞きください。事情が分からず、考えも幼稚で、竜を殺そうと思った。今からのちは、毛の末一筋さえ手を触れ申し上げますまい」

と、祈願の言葉を述べて、立ったり座ったり、泣きながら神に祈りなさること、千回ほど申し上げなさるせいであろうか、次第に雷は鳴り止む。少し日が射してきて、風は、依然として強く吹いている。船頭の言うには、

「これは、竜のしわざであった。この吹く風は、よい方向への風だ。悪い方向への風ではない。よい方向に向かって吹いているのだ」

と言うけれど、大納言は、これをお聞き入れなさらない。

三、四日吹いて、吹き返して（浜に船を）寄せる。

＊2 その浜を見ると、播磨の明石の浜だった。

大納言は、「南海の浜に吹き寄せられたのであろう」と思って、ため息をついて、臥せっていらっしゃる。船にいる従者たちが、国府に告げるけれど、国司が見舞いに参上するのにも、起き上がれなされず、船底に臥せっていらっしゃる。松原に筵を敷いて、下ろし申し上げる。その時に、「南海ではなかった」と思って、かろうじて起き上がりなさるのを見ると、風邪をひどく引いた人で、腹が大層膨れ、左右の目には、李を二つ付けたようである。これを拝見して、国司も頬に笑みを浮かべている。

国府にお命じになって、腰輿《ようよ》を作らせなさって、うめきながら担がれなさって、家にお入りなさるのを、どうして聞き付けたのだろう、お遣わしなさった家来たちが参上して申し上げるには、

★6「竜の頸の玉を取ることができなかったので、お邸にも参れなかった。玉を取りにくかったことをご存じになったので、お咎めはあるまいとて、参上した」
と申し上げる。大納言は、起き上がっておっしゃるには、

「お前たち、よくぞ（玉を）◇**持って来**なかった。竜は、鳴る神の類いのものであった。その玉を取ろうとして、多くの人たちが、殺されそうになった。まして、竜を　捕らえたとしたら、簡単に、殺されていただろう。よくぞ捕らえずにおいてくれた。かぐや姫という大盗人の奴が、人を殺そうとするのだった。（姫の）邸のあたりを、今後は通るまい。家来たちも、（そのあたりを）**ウロウロ**しないように」

と言って、
　家に少し残っている品物は、竜の玉を取っていない家来たちにお与えになる。

　これを聞いて、離縁なさっている元の奥方は、腹をよじってお笑いになる。

＊3 糸を葺いて造ってある屋根は、鳶・烏の巣として、（鳥たちが）みんな食いちぎって持っていってしまった。
世間の人が言ったことは、

「大伴の大納言は、竜の頸の玉を取っていらっしゃったか」

「いや、そうでもない。御▲3まなこに、李のような玉を添えて、いらっしゃった」

と言ったので、

「あな、たべがた」〈ああ、食べ難い〉

と言ったことから、世間の道理に合わない無理難題を、「あなたへがた」〈ああ、耐えがたい、食べがたい〉と言い始めた。


㊟※1※2・※3ハ相手（家来・船頭）ノ動作ニ謙譲語ヲ用イル大納言ノ自敬表現。
＊1点線ノ中ハ、大納言ノ極端ナ一言ガ家来達ヲ追イ詰メ、大納言ガソノ後見捨テラレル語リ。
＊2点線ノ中ハ、語リ手ガ事実ヲ事前ニ解説スル。
＊3点線ノ中ハ、コノ章段ノ終ワリヲ示ス。
★1・★2・★3・★4・★5・★6ハ、本文デ「侍り」ガ用イラレテイナイ。家来ヤ船人（船頭）ハ無教育ナノデ、大納言ニ対シテ、タメ口デ話ス。
▲1「たゞし」▲2「いはんや」は通説では漢文訓読語トサレルガ、家来（下級貴族）ノ役柄語デアリ、タメ口デモアル。▲3「まなこ」ハ、世間ノ人（庶民）ノ用語。〈地ノ文デハ「め」、本文（77頁4行）〉
◇大納言ハココデ反省シ、自敬表現〈「参り来」〉ヲ用イナイ。

六

本文

大伴のみゆきの大納言は、わが家にありとある人めしあつめて、の給はく、

「たつのくびに〈五色の光〉ある玉あなり。それとりて※1**たてまつり**たらむ人には、ねがはん事をかなへん」

との給。おのこども仰のことをうけ給〈はり〉て申さく、

★1「おほせのことは、いともたうとし、▲1**たゞし**、この玉たはやすくえとらじを、▲2**いはむや**たつのくびの玉はいかゞとらん」

と申あへり。大納言の給、

「〈君〉（×てむ）のつかひといはむものは、命をすてゝも、をのが君のおほせごとをば、かなへんとこそおもふべけれ。此国になき、天竺・もろこしの物にもあらず。このくにのうみ山より龍はのぼる物なり。いかに思ひてか、なんぢら、かたき物と※2**申**べき」

おのこども申やう、

★2「さらば、いかゞせむ、かたき事なりとも、おほせごとにしたがひて、もとめにまからん」

と申に、大納言み〈は〉（×わ）らいて、

「なむぢらが君の使と名をながしつ。きみのおほせごとをば、いかゞはそむくべき」

との給て、たつのくびの玉とりにとて、いだしたて給。この人〳〵のみちのかて、くひ物に、殿うちのきぬ・わた・ぜになど、あるかぎりとり出て、そへてつかはす。

＊1「この人々ども帰るまで、いもゐして、われはをらん。この玉とりえでは、家にかへりくな」

との給せけり。

をの〳〵仰うけたまはりて、まかりいでぬ。

「『龍のくびの玉とりえずは、かへりくな』との給へば、いづちも〳〵あしのむきたらむかたへいなんず」

「かゝるすぢなきことをし給こと」

ゝ、そしりあへり。給はせたる物、をの〳〵分〈け〉つゝとる。あるひは、をのが家にこもりゐ、あるひは、をのがゆかまほしき所へいぬ。

「おや・君と申とも、かくつきなき事を仰給こと」

ゝ、〈事〉ゆかぬ物ゆへ、大納言をそしりあいたり。

「かぐやひめすゑんには、れい〈の〉やうにはみにくし」

との給て、うるはしきやをつくり給て、うるしをぬり、まきゑしてかべし給て、やのうへには、いとをそめて色々ふかせて、うち〳〵のしつらひにはいふべくもあらぬ綾織物に絵をかきて、まごとにはりたり。もとのめどもは、かぐやひめをかならずあはんまうけして、ひとりあかしくらし給。

つかはしゝ人は、よるひるまち給に、年こゆるまでをともせず。**心もとながり**て、いとしのびて、たゞとねり二人めしつぎとして、やつれ給て、難波の邊におはしまして、とひ給ことは、

「大ともの大納〈言〉どのゝ人や、舟にのりて、たつころして、そがくびの玉とれるとやきく」

ととはするに、舟人こたへていはく、

「あやしき事かな」とわらひて、★3「さるわざする舟もなし」

とこたふるに、「をぢなきことする舟人にもあるかな。えしらでかくいふ」とおぼして、

「わが弓のちからは、たつあらば、ふといころして、くびの玉はとりてむ。をそくきたるや

つばらをまたじ」

との給て、舟にのりて、海ごとにありき給に、いと遠くて、つくしのかたのうみに、こぎ出給ぬ。いかゞしけむ、はやき風ふきて、世界くらがりて、舟をふきもてありく。いづれのかたともしらず。舟を、海中にまかりいりぬべくふきまはして、浪は舟に〈うち〉かけつゝまきいれ、神はおちかゝるやうにひらめく。かゝるに大なごむ心まとひて、

「まだかゝるわびしきめみず。いかならんとするぞ」

との給。かぢとり、こたへて申、

★4「こゝら舟にのりてまかりありくに、まだ、かくわびしきめをみず。御船、海のそこにいらずは、神おちかゝりぬべし。さいわひに神のたすけあらば、南海にふかれおはしぬべし。うたてあるぬしのみもとにつかふまつりて、すゞろなるしにをすべかめるかな」

と、かぢとりなく。大納言これをきゝて、の給はく、

「舟にのりては、かぢとりの※3申ことをこそ、たかき山とたのめ。など、かくたのもしげなく※3申ぞ」

と、あをへどをつきての給。かぢとり、こたへて申、

★5「神ならねば、何わざをかつかうまつらん。風ふき、波はげしけれども、神さへいたゞきに

おちかゝるやうなるは、たつをころさんともとめ給へば、あるなり。はやても、りうのふかする也。はや神にいのり給へ」

といふ。

「よきことなり」とて、「かぢとりの御神きこしめせ。を〈ち〉（×と）な〈く〉（×し）、心をさなくたつをころさむとおもひけり。今よりのちは、毛のすぢ一すぢをだにうごかしたてまつらじ」

と、よごとをはなちて、たちゐ、なく〳〵よばひたまふこと、ちたびばかり申給けにやあらん、やう〳〵神なりやみぬ。すこし光て、風は、猶はやくふく。かぢとりのいはく、

「これはたつのしわざこそありけれ。このふく風はよきかたのかぜなり。あしきかたの風にはあらず。よきかたにおもむきてふくなり」

といへども、大納言はこれをきゝいれ給はず。三四日ふきて、ふきかへしよせたり。

＊2 はまをみれば、はりまのあかしのはまなりけり。

大納言、「南海のはまにふきよせられたるにやあらん」とおもひて、いきづき、ふしたまへり。

ふねにあるをのこども、國につげたれども、國のつかさまうでとぶらふにも、えおきあがり給はで、ふなぞこにふしたまへり。松原に御むしろしきて、おろしたてまつる。そのときにぞ、「みなみのうみにあらざりけり」とおもひて、からうしておきあがり給へるをみれば、かぜいとおもき人にて、腹いとふくれ、こなたかなたの**め**には、すもゝをふたつつけたりやうなり。これを見たてまつりて、國のつかさもほうゑみたり。

國におほせ給て、たごしつくらせ給て、によう〱になはれ給て、家にいり給ひぬるを、いかでかきゝけむ、つかはしゝをのこどもまいりて申やう、

★6「たつのくびの玉をえとらざりしかば南、殿へもえまいらざりし。玉のとりがたかりしことをしり給へればなん、かんだうあらじとて、まいりつる」

と申。大納言おきゐての給はく、

「なんぢらよく◇**もてこず**なりぬ。たつは、なる神のるいにこそありけれ。それが玉とらんとて、そこらの人々の、がいせられなんとしけり。まして、たつをとらへましかば、又こともなく、われはがいせられなまし。よくとらへずなりにけり。かぐや姫てふおほぬす人のやつが人をころさむとするなりけり。家のあたりだに、いまはとほらじ。をのこども、**なありきそ**」

とて、家にすこし残りたる物どもは、龍の玉をとらぬものどもにたびつ。

これをきゝて、はなれ給ひしもとのうへは、はらをきりてわらひ給。


いとをふかせつくりし屋は、とび・からすのすに、みなもていにけり。

世界の人のいひけるは、

「大伴の大納言は、たつのくびの玉やとりておはしたる」

「いなさあらず。み▲3 **まなこ** にすもゝのやうなる玉をそへていましたる」

といひければ、

「あなたへがた」といひけるよりぞ、世にあはぬ事をば、「あなたへがた」といひはじめける。

七　燕の子安貝

中納言石上麻呂足の家で使われている家来たちのもとに、

「燕が、巣を作ったら報告せよ」

と（中納言が）おっしゃるのを、（家来たちが）承って、
★1「何の用であろう」
と申し上げる。答えておっしゃるには、

「燕の持っている、子安貝を取るためだ」

とおっしゃる。家来たちが、答えて申し上げる、
★2「燕をたくさん殺してみても、腹に何もないものだ。▲ただし、子を生む時に、どのようにしてか（子安貝を）出すという、【はらくか】」と申し上げる。★2「人が少しでも見ると、

飛び去ってしまう」

と申し上げる。又、**中納言家とは別の家の人**が申し上げるには、
☆1「**大炊寮の飯を炊く建物の棟の、束柱の穴ごとに、燕は巣を作ってございます。それに、しっかりした男どもを連れていって、足場を組んで、様子を窺わせたら、たくさんの燕が、子を生まないことはないでしょう。そのようにして、お取らせになさいませ**」
と申し上げる。中納言はお喜びになって、

「面白いことであるなあ。全く知らなかった。いいことを※1**申し上げよった**」

とおっしゃって、しっかりした男ども廿人ばかり遣わしなさって、（足場を組んで、そこに男どもは）上ぼらせられている。中納言のお邸から、使いをひっきりなしにお遣わしになって、

「子安貝は、取ったか」

とお尋ねになる。

燕も、人がたくさん上ぼっているのに**オドオドシ**て、巣にも上ぼって来ない。このようなことの返事を申し上げると、（中納言は）お聞きなさって、「どうしたものだろう」と思い悩んでおられると、例の役所の官吏、倉津麻呂と申す翁が、申し上げるには、

「子安貝を取ろうとお思いでいらっしゃったら、策をお教え申し上げよう」

と言って、（中納言の）お邸に参上すると、中納言は（倉津麻呂に）**間近で対面して**いらっしゃる。倉津麻呂が申し上げるには、

☆2「**この燕の子安貝は、下手に策を講じてお取らせになっていらっしゃるのです。それでは、お取りになれますまい。足場におおげさに廿人の人が上ぼってございますれば、（燕は）敬遠して近寄って参りません。なさるべき手段は、この足場を壊して、人は皆退いて、しっかりした人一人を編み目の粗い籠に乗せて、綱を結びつけて、鳥が、子を生む間に、綱を吊り上げさせて、さっと子安貝をお取らせになるのが、よろしゅうございましょう**」

と申し上げる。中納言が、おっしゃるには、

「たいへん、よいことだ」

といって、足場を壊して、廿人の人は帰って来る。

中納言が、倉津麻呂におっしゃるには、

「燕は、どのような時に、子を生むと判断して人を吊り上げたらよいだろう」

とおっしゃる。倉津麻呂が、（人を介して）申し上げるには、

★3「燕が、子を生もうとする時は、尾をさし上げて七度回って、生み落とすようだ。そこで、七度回った時、引き上げて、その時、子安貝はお取らせ下さい」

と申し上げる。中納言は、**オ礼ヲナサッテ**、多くの人にも知らせなさらず、**コッソリ**役所にいらっしゃって、家来たちの中に交じって、昼夜兼行で、お取らせになる。倉津麻呂がこのように申し上げたのを、たいへん大層に喜びなさって、おっしゃる、

「自分の邸で使われている人でもないのに、願いをかなえてくれるのは嬉しいこと」

とおっしゃって、お着物を脱いでお与えなさる。

「改めて、夜分、この役所に※2 **参上せよ**」

とおっしゃって、お帰しになる。

日が暮れると、例の役所にいらっしゃって御覧になると、本当に（倉津麻呂が言ったとおり）燕が巣を作っている。倉津麻呂が申し上げるように、尾を浮かせて回るので、編み目の粗い籠に人を乗せて吊り上げさせて、燕の巣に手をさし入れさせて探る時に、

「何もない」

と申し上げるのに、中納言は、

「下手に探っているからなのだ」

と腹を立てて、「自分よりほかに（適任者は）思い付かないから」ということで、

「自分が、上ぼって探ろう」

とおっしゃって、荒籠に乗って吊られて上ぼって、窺っていらっしゃると、燕が、尾をさし上げてしきりに回るのに合わせて、手をさし上げて探りなさると、手に平たい物が触れた時に、

「自分は、物を握った。今は下ろしてくれ。倉津麻呂よ、やったぞ」

とおっしゃる。（家来たちが）集まって、すぐに下ろそうとして、綱を引っ張り過ぎて、綱が切れるやいなや、八島の鼎の上に、仰向けに落ちなさる。人々は**驚キアワテフタメイテ**、寄って抱え申し上げる。御目は白目になって、横たわっていらっしゃる。人々は、水をすくってお飲ませ申し上げる。やっと生き返りなさると、鼎の上から、手を取り足を取りして、下げおろし申し上げる。やっと、

「ご気分は、いかがでいらっしゃるか」

と尋ねると、息をする下から（苦しげに）、

「意識は少しあるが、腰が動かない。しかし、子安貝をさっと握り取れたので、嬉しく思われるのだ。まずは紙燭を点けて来い。この貝の顔を見よう」

と、お頭をもたげて、お手を広げなさると、

＊燕の垂れた糞を握りなさっているのだった。それをご覧になって、

「ああ、貝（甲斐）が無いことだったよ」

とおっしゃったことから、思いとは異なることを、「甲斐（効）無し」とは、言うようになった。

子安貝でもないとご覧になったので、お気持ちも悪くなって、唐櫃の蓋に入れられなさることもできず、お腰は折れてしまった。中納言は、子供じみたことをして終わることを、人に聞かれまいとなさったけれど、それを病の種として、たいそう衰弱なさってしまわれた。貝を取れなくなってしまったことよりも、人が聞いて笑うだろうことを、日が経つにつれてお思いなさったので、ただ病んで死ぬことよりも、人の噂が恥ずかしく思われなさるのだった。

これを、かぐや姫が聞いて、見舞いに送る歌は、

年を経て浪たち寄らぬ住の江の松かひなしと聞くはまことか

〈年を経ても浪が立ち寄らない住の江の松のように、あなたを待つ（松）私を甲斐（貝）無いと（噂に）聞いたのは本当だろうか〉

とあるのを、（傍らの人が）読んで聞かせる。たいそう弱った気持ちでも、上半身を起こして、人に紙を持たせて、苦しい気分の中で、やっとお書きなさる。

かひはかくありけるものをわびはてて死ぬる命をすくひやはせぬ

〈甲斐（貝）はこのように（姫から手紙を戴いて）あったが、苦労し果てて死んでいく命を（姫の）匙（かい＝貝）で救って（掬って）はくれないか〉

と書き終わって、命が絶え入りなさる。これを聞いて、かぐや姫は、少しかわいそうにお思いになった‖。そのことから、少しうれしいことを、「甲斐（貝）あり」とは、言うようになった‖。

㊟★1★2本文デ「侍り」ガ用イラレズ、タメ口デアルノハ、家来タチガ無教育デアルコトヲ表ス。

※1※2ハ中納言ノ自敬表現。

☆1本文デ「侍り」ガ用イラレ丁重デアルノハ、中納言ノ家来デハナイ人ノ会話デアルコトヲ示ス。

☆2倉津麻呂ガ中納言ニ直接対面シテ申シ上ゲテイルノデ、丁重語「侍り」ガ用イラレル。

★3倉津麻呂ハ、ココデハ人ヲ介シテ言ッテオリ、ソノ人ニ対シテ「侍り」ヲ用イナイタメ口。

▲「ただし」ハ、**六　竜の頸の玉**ノ家来ト同ジ。【はらくか】意味未詳。

＊点線ノ中ハ、コノ章段ノ終ワリヲ示ス語リ。終ワリガ長クナッテイルガ、ココマデガ皇子ト貴族ノ求婚物語デアリ、次章段カラハ帝ノ求婚物語デアルコトヲ暗示スルタメノ大キナ区切リカ。

七

本文

中納言いそのかみまろたりの家につかはるゝをのこどものもとに、

「つばくらめのすくひたらばつげよ」

との給を、うけ給はりて、

★1「な〈に〉（×し）のやうにかあらん」

と、申。こたへての給やう、

「つばくらめのもたる、こやすのかひをとらむれうなり」

とのたまふ。をのこども、こ（重複×こ）たへて申、

★2「つばくらめをあまたころしてみる〈だ〉にも、腹になきものなり。▲た〈だ〉し、子うむ時なんいかでか出すらん。【はらくか】」と申。★2「人だにみればうせぬ」

と申。又、人の申やう、

☆1「おほいつかさのいひかしくやのむねに、つくのあなごとに、つばくらめはすをくひ侍る。それにまめならんをのこどもゐてまかりて、あぐらをゆひあげてうかゞはせんに、そこらの

つばくらめ子うまざらんやは、さてこそとらしめ給はめ」

と申す。中納言よろこび給て、

「をかしきことにもあるかな。もつともえしらざりけり。けうあること※1申たり」

との給て、まめなるおのこども廿人ばかりつかはして、あなゝいにあげすへられたり。殿より、つかひひまなく給はせて、

「こやすのかひとりたるか」

とゝはせ給。

つばくらめも、人のあまたのぼりゐたるにおぢて、かゝるよしの返事を申たれば、聞給ひて、

「いかゞすべき」とおぼしわづらふに、かのつかさの官人くらつまろと申おきな申やう、

「こやす貝とらんとおぼしめさば、たばかり申さん」

とて、御前にまいりたれば、中納言、ひたひをあはせて、むかひ給へり。くらつまろが申やう、
☆2「このつばくらめ〈の〉こやすがひは、あしくたばかりてとらせ給なり。さてはえとらせ給はじ。あな〈な〉いにおどろくしく廿人のひとのゝぼりて侍れば、あれてよりまうでこず。せさせ給べきやうは、このあなゝいをこほちて、人みなしりぞきて、まめならん人一人をあらこにのせすへて、つなをかまへて、鳥の、子うまん間に、つなをつりあげさせて、ふとこ

やすがいをとらせ給はん〈なむ〉よかるべき」

と申。中納言の給やう、

「いとよきことなり」

とて、あなゝいをこほし、人みなかへりまうできぬ。中なごん、くらつまろにの給はく、

「つばくらめはいかなる時にか、子うむとしりて人をばあぐべき」

との給。くらつまろ申やう、
★3「つばくらめ、子うまむとする時は、おをさ〈ゝ〉げて七どめぐりてなんうみおとすめる。さて、七どめぐらんおりひきあげて、そのおりこやすがひはとらせ給へ」と申。
中納言、**よろこび**給て、よろづの人にもしらせ給はで、**みそかに**つかさにいまして、をのこどもの中にまじりて、よるをひるになしてとらしめ給。くらつまろかく申を、いといたくよろこび、の給、

「こゝにつかはるゝ人にもなきに、ねがひをかなふることのうれしさ」

との給て、御ぞぬぎてかづけ給つ。

「さらに、よさり、このつかさに※2**まうでこ**」

との給て、つかはしつ。

日くれぬれば、かのつかさにおはしてみ給に、まことにつばくらめすつくれり。くらつまろ申やうをうけてめぐるに、あらこに人をのせてつりあげさせて、つばくらめのすに手をさしいれさせてさぐるに、

「物もなし」

と申に、中納言、

「あしくさぐればなき〈也〉（×や）」

とはらだちて、「たればかりおぼえんに」とて、

「われのぼりてさぐらん」

との給て、こにのりてつられのぼりて、うかゞひ給へるに、つばくらめ、おをさゝげて、いたくめぐるにあはせて、手をさゝげてさぐり給に、手にひらめる物さはる時に、

「われ、物にぎりたり。今はおろしてよ。おきな、しえたり」

との給（×て）。あつまりて、とくおろさんとて、つなをひきすぐして、つなたゆるすなはちに、やしまのかなへのうへに、のけざまにおち給へり。人々**あさましがりて**、よりてかゝへたてまつれり。御目はしらめにてふし給へり。人々水をすくひて入たてまつる。からうしていき出たまへるに、又かなへのうへより、手とり足とりして、さげおろしたてまつる。からうして、

「御心〈ち〉はいかゞおぼさるゝ」

とゝへば、いきのしたにて、

「物はすこしおぼゆれど、こしなむうごかれぬ。されど、こやす貝をふとにぎりもたれば、うれしくおぼゆるなり。まづしそくさしてこ。ゝのかひかほみん」

と御ぐしもたげて、御手をひろげ給へるに、

＊つばくらめのまりおけるふるくそをにぎり給へるなり〈けり〉。それを見給て、

「あなかひなのわざや」

との給ひけるよりぞ、思ふにたがふ事をば、「かひなし」といひける。貝にもあらずとみ給けるに、心ちもたがひて、からびつのふたのいれられ給ふべくもあらず。御こしはおれにけり。中納言は、いたいけ〈し〉たるわざしてやむことを、人にきかせじとし給けれど、それをやまひにて、いとよはくなり給にけり。かひをえとらずなりにけるよりも、人のきゝわらはん事を、日にそへて思ひ給ければ、たゞにやみしぬるよりも、人ぎゝはづかしくおぼえ給なりけり。

これを、かぐやひめきゝて、とぶらひにやるうた、

年をへてなみたちよらぬ住の江の松かひなしときくはまことか

とあるを、よみてきかす。いとよはきこゝろに、かしらもたげて、人にかみをもたせて、くるしき心ちに、からうしてかき給ふ。

かひはかくありける物をわびはてゝしぬる命をすくひやはせぬ

とかきはつる、たえ入給ぬ。これをきゝて、かぐやひめ、すこしあはれとおぼしけり。それよりなん、すこしうれしきことをば、「かひあり」とはいひける。

八　帝の求婚

さて、かぐや姫は、容貌が世に似るものなく美しいことを、帝がお聞き遊ばして、内侍中臣の房子におっしゃる、

「多くの人の身を破滅させても結婚しないと聞くかぐや姫は、どれほどの女かと、※1**退出して見てまいれ**」

とおっしゃる。房子は、承って退出する。

竹取の家では、恐縮して招き入れて、会う。嫗に、内侍はおっしゃる、

「帝の仰せ言に、かぐや姫の容貌は、すぐれていらっしゃると聞く、よく見てまいるように仰せられるので、参上した」

と言うので、（嫗は）

☆1「それでは、（姫に）そのように申しましょう」
と言って、（姫の部屋に）入る。

かぐや姫に、

「早く、帝のお使いにお会いなさい」

と言うと、（かぐや姫は）
★1「すぐれた器量でもない。どうして会えよう」
と言うので、

「困ったことをおっしゃるね。帝のお使いを、どうしておろそかにできよう」

と言うと、かぐや姫が答えるには、
★2「帝のお召しになっておっしゃることは、畏れ多いとも思わないの」
と言って、一向に会いそうにもない。

＊1（普段は）産んだ子のようにしているけれど、（嫗が）たいそう気後れするように、（姫が）そっけなく言ったので、（嫗は）思うように責めることもできない。嫗は、内侍の前に戻ってきて、

☆2「**残念なことに、この幼稚な者は、強情でございまして、お会いできそうにありません**」

と申し上げる。内侍は、

「必ず拝見して参れと、仰せ言があったものを。拝見しなくては、どうして帰参できよう。国王の仰せ言を、どうして、この世に住んでおられる人が、承知なさらないでいられよう。言えないことをしなさるな」

と、言葉に威厳を込めて言ったので、これを聞いて、（今までより）まして、かぐや姫は、聞くはずもない。

★3「国王の仰せ言に背いているなら、はやく殺しなさってよ」

と言う。

この内侍は、帰り参上して、このことを奏上する。帝はお聞き遊ばして、

「大勢の人を殺してしまった（強情な）心よ」

とおっしゃって、（一度は）止めたけれど、

（帝は）やはりお思いがおありで、「この女の策略に負けていられようか」とお思いになって、ご命令なさる、

「お前が持っている※2かぐや姫を※3献上せよ。器量よしと※4お聞き遊ばして、お使いを※5遣わしなさったが、（それも）かいなく、（お使いは姫の器量を）見られなくなってしまった。このような不都合なことを放っておくことはできない」

とご命令なさる。翁は、恐縮して、ご返事を申し上げるには、

☆3「この女童は、全く宮仕えを致すべくもございませんのを、持て余してございます。そうでございましても、退出して、仰せ言を授かり伝えましょう」

と奏上する。これを（帝は）お聞き遊ばして、仰せになる。

「どうして、翁の手で育て上げたものを、心のままにならぬことがあろう。この女を※6献上したら、翁に五位を※7授けなさらぬことが、どうしてなかろうか」

翁は、喜んで、家に帰って、かぐや姫に告げて言うには、

「このように、帝が仰せ言を下さった。お仕えはなさらないのか」

と言うと、かぐや姫が、答えて言うには、

★4「全く、そのような宮仕えは、お仕え致すまいと思っているのを、無理にお仕えさせなさるなら、消え失せてしまおう。（翁が）官職位階を戴けるようにして、（私は）死ぬばかりよ」

翁が、応じて言うには、

「（そのようなことは）しなさるな。官職も我が子を拝見できなくては、何になろうか。そうではあっても、どうして宮仕えをなさらないのか。死になさらなくてはならぬ理由があろうか」

と言う。（かぐや姫が言う）
★5「やはり空言かどうかと、宮仕えをさせて、死なないでいるかと、（様子を）ご覧下さい。何人もの人が、（私への）愛情がおろそかではなかったのを、無駄にしてしまった。昨日今日、帝のおっしゃることに従うのは、人聞きがはずかしい」
と言うと、翁が、答えて言うには、
「世間のことは、とかくあっても、姫のお命が危ないことこそ、大きな障害なので、やはり、宮仕えできないことを、参上して申し上げよう」
と言って、参上して申し上げるには、
☆4「**仰せ言の忝なさに、あの女童を宮仕えに参らせようと、致しましたが、『宮仕えに出させたら、死ぬ』と申します。私、みやつこまろの手で生ませた子ではありませぬ。昔、山で見つけた子です。気性も、世の人には似ていないのでございます**」
と（帝の侍臣を介して）奏上する。
帝が、仰せになる、

「みやつこまろの家は、山の麓に近いとか。鷹狩りの※8行幸をなさるようにして、見るとしようか」

とおっしゃる。みやつこまろが、申し上げるには、

☆5「たいそうよいことです。なんの、(女童が)ぼんやりしてございます時に、ふと行幸遊ばしてご覧になれば、ご覧になれないことがありましょうか」

と奏上すると、帝は、俄に日にちを決めて、鷹狩りに出立なさって、かぐや姫の家にお入りになって姫をご覧になられると、(家中に)光が満ち溢れて、すばらしく美しく座っている人がいる。

「これであろう」とお思いになって、近くにお寄りなさると、逃げて奥に入る袖をお捕らえになるが、顔を(袖で)覆って控えているけれど、最初によくご覧になっておられるので、比べるものもなくすばらしくお思い遊ばして、

「許すまい」

と、連れて出なさろうとする時に、かぐや姫が、お答えして奏上する、

☆6「自分の身は、この国に生まれてございましたら、(お心のままに)お使いになられましょう、(しかし、そうではないので)全く連れて出なされますことはむずかしゅうございましょう」

と奏上する。帝は、

「どうして、そのようなことがあろう。※9**連れていらっしゃろうぞ**」

と、お輿をお寄せなさる時に、このかぐや姫は、**サット**影になってしまう。「はかなく、残念だ」

とお思いになって、（「普通の人ではなかった」とお気づきになって、）

「それなら、お供に**□連れて行くまい**。もとのお姿におなりなさい。それを見て帰ろう」

とおっしゃると、かぐや姫は、もとの姿になる。帝は、（姫を）やはりすばらしくお思いになることは、せきとめがたい。このように（姫を）見せたみやつこまろに対し、**官位・禄ヲオ与エニナル**。

そして、（翁の家では）行幸のお供の大勢の官人たちに、饗応を盛大に奉仕する。

＊2 帝は、かぐや姫を置いてお帰りなさることを、ご不満で残念に思し召したが‖、魂を（姫のもとに）止めた気持ちで、お帰りになった‖。お輿にお乗り遊ばして後に、かぐや姫に、

帰るさのみゆき物うくおもほえてそむきてとまるかぐや姫ゆゑ

〈帰り道の行幸がつらく思われて振り返って立ち止まってしまう。（私に）背いて止まるかぐや姫ゆえに〉

（かぐや姫の帝への）返歌、

　むぐらはふ下にも年は経ぬる身の何かは玉のうてなをも見む

　〈葎の生い茂る中で長年過ごしてきた我が身が、どうして玉に輝く高殿を見てそこで過ごせようか〉

　これを、帝はご覧遊ばして、いっそうお帰りになる方向もお分かりにならなくなられる。お心は、更にお帰りになることもお思いになされなかったけれど、そうかといって、（かぐや姫のもとで）夜をお明かしになることもおできにならないので、お帰り遊ばす。

　常日頃帝のお側でお仕えする女房たちをご覧なさるにつけ、かぐや姫の側に寄れそうな者もいなかった。「他の人よりは、美しい」とお思いになった人が、あのかぐや姫に思い比べなさると、美人などというたぐいではない。かぐや姫のみお心にかかって、ただ独りでお過ごしになる。理由なくお后たちの所にもお渡りになさらず、かぐや姫のお許に、お文を書いてやり取りなさる。（かぐや姫の）ご返事は、（宮仕えは断ったものの）見事に書いて差し上げ、（帝も）興趣深く、四季折々の木や草に託してもお歌を詠んでお遣わしになる。

㊟＊1点線ノ中ハ、帝ノ求婚ヲ姫ガタメ口デ断ッタト聞キ及ンダ帝ガ、一旦ハ諦メル語リ。
＊2点線ノ中ハ、コノ章段ノ終ワリヲ示ス語リ。
※1・※2・※3・※4・※5・※6・※7・※8・※9ハ、帝ノ自敬表現（天皇語）。
★1・★2・★3・★4・★5ハ、姫ガ嫗・翁ニ対シ、帝ノ求婚ヲ拒否スル意志ヲ示スタメ口。
☆1・☆2ハ、嫗ガ内侍ニ答エル丁重語。☆3・☆4・☆5ハ、翁ガ帝ニ奏上スル丁重語。
☆6ハ、姫ガ直接ニ帝ニ奏上スル丁重語。
□帝ハ、姫ガ普通ノ人間デハナイト気ヅキ、自敬表現ヲ用イナイ。

八

本文

さて、かぐやひめかたちのよに、ずめでたき事を、みかどきこしめして、内侍なかとみのふさこにの給、

「おほくの人の身をいたづらになして、あはざ〈な〉るかぐや姫は、いかばかりの女ぞと、

※1**まかりて、みてまいれ**」

とのたまふ。ふさこ、うけ給はりてまかれり。

竹とりの家に、かしこま（×れ）り〈て〉しやうじいれてあへり。女に、内侍の給、

「おおせごとに、かぐやひめの〈かたち〉いうにおはす〈也〉。よくみてまいるべきよしの給はせつるになん、まいりつる」

といへば、

☆1「さらば、かく申**侍ら**ん」

といひていりぬ。かぐやひめに、

「はやかの御つかひにたいめんし給へ」

といへば、かぐやひめ、

★1「よきかたちにもあらず。いかでかみゆべき」

といへば、

「うたてもの給かな。みかどの御つかひをば、いかでかおろかにせん」

といへば、かぐやひめこたふるやう、

★2「みかどのめしての給はん事、かしこしともおもはず」

といひて、さらにみゆべくもあらず。

＊1むめる子のやうにあれど、心はづかしげにをろかなるやうにいひけれ‖ば、心のまゝにもえ

せめず、女、内侍のもとにかへりいで、
☆2「くちおしく、このをさなきものは、こはく**侍る**物にて、たいめんすまじき」と申。
内侍、

「かならずみたてまつりてまいれ、とおほせごとありつるものを。見たてまつらでは、いかでか帰りまいらん。國王のおほせごとを、まさに世にすみ給はん人のうけ給はりたまはでありなんや。いはれぬことなしたまひそ」

とことばはづかしくいひければ、これをきゝて、ましてかぐやひめきくべくもあらず。
★3「國王のおほせごとをそむかば、はやころし給てよかし」
といふ。

この内侍、かへりまいりて、このよし奏す。御門、きこしめして、

「おほくの人ころし〈て〉ける心ぞかし」

との給て、やみにけれど、

猶おぼしおはしまして、「この女のたばかりにやまけん」とおぼして仰給、

「なんぢがもちて※2 **侍る** かぐや姫、※3 **たてまつれ**。かほかたちよしと※4 **きこしめ**

して、御つかひを※5**給ひ**しかど、かひなく、見えずなりにけり。かくたいぐ〳〵しくやはならはすべき」

とおほせらる。おきなかしこまりて、御返事申やう、

☆3「此めのわらは、たへて宮づかへつかうまつるべくもあらず**侍る**を、もてわづらひ**侍**。さりともまかりておほせ給はん」

と奏す。これをきこしめしておほせ給、

「などか、おきなのおほしたてたらんものを、心にまかせざらん。この女もし※6**たてまつり**たる物ならば、おきなにかうぶりをなどか※7**給はせ**ざらん」

おきな、よろこびて、家にかへりて、かぐやひめにかたらふやう、

「かくなむみかどの仰たまへる、猶やはつかうまつり給はぬ」

といへば、かぐやひめ、こたへていはく、

★4「もはら、さやうの宮づかへつかうまつらじと思ふを、しゐてつかうまつらせ給はゞきえうせなんず。みつかさかうぶり〈つかうまつりて〉しぬばかりなり」

おきないらふるやう、

「なし給そ。つか〈さ〉（×き）かうぶりも、わが子をみたてまつらでは、なに〈に〉

（×〳〵）かせむ。さはありとも、などか宮づかへをし給はざらん。しに給べきやうやあるべき」と〈いふ〉。

★5「猶空ごとかと、つかうまつらせて、しなずやあると見給へ。あまたの人の、心ざしをろかならざりしを、むなしくなしてこそあれ。きのうけふ、みかどのの給はん事につかむ、ひとぎゝやさし」

といへば、おきな、こたへていはく、

「てんかのことは、とありとも、かくありとも、みいのちのあやうさこそおほきなるさはりなれば、猶かうつかうまつるまじきことを、まいりて申さん」

とて、まいりて申やう、

☆4「おほせのことのかしこさに、かのわらはをまいらせんとて、つかうまつれば、『宮づかへにいだしたてば、死ぬべし』と申。みやつこまろが手にうませたる子にもあらず。むかし、山にてみつけたる。かゝれば、心ばせも、世の人にゝずぞ**侍る**」

と奏せさす。

みかどおほせたまはく、

「宮つこまろが家は、山もとちか〈か〉（×く）なり。※8 **御かりみゆきし給はん**やうに

てみてんや」との給はす。宮つこまろが、申すやう、

☆5「いとよき事なり。なにか心もなくて**侍ら**んに、ふとみゆきして、御らんぜられなん」とそうすれば、みかど、にはかに日をさだめて、御かりに出給ふて、かぐや姫の家にいり給に、ひかりみちて、けうらにてゐたる人あり。「これならん」とおぼして、にげている袖をとらへ給へば、おもてをふたぎてさぶらへど、はじめよく御覧じつれば、たぐひなくめでたくおぼえさせ給て、

「ゆるさじとす」

とて、いておはしまさんとするに、かぐやひめ、こたへて奏す、

☆6「をのが身は、此國に生まれて**侍ら**ばこそつかひ給はめ、いとゐておはしがたく**侍ら**ん」

と奏す。みかど、

「などか、さあらん、猶※9**ゐておはしまさむ**」

とて、御こしをよせ給に、このかぐやひめ、きとかげになりぬ。「はかなくくちおし」とおぼして、

「さらば、御ともに□**いていかじ**。もとの御かたちとなり給ひね。それをみてだにかへりなん」

とおほせらるれば、かぐや姫もとのかたちになりぬ。みかど、猶めでたくおぼしめさるゝ事せきとめがたし。かくみせつる宮つこまろを、**よろこび**給。

さてつかふまつろ百官人々、あるじいかめしうつかうまつる。

*2 みかど、かぐやひめをとゞめてかへり給はん事を、あかずくちおしくおぼしけれど、玉しゐをとゞめたる心地してなん、かへらせたまひける。御こしにたてまつりてのちに、かぐやひめに、

かへるさのみゆき物うくおもほえてそむきてとまるかぐやひめゆへ

御返事

むぐらはふしたにも年はへぬるみのなにかは玉のうてなをもみん

これを、みかど御らんじて、いとゞかへり給はんそらもなくおぼさる。御心は、さらにたちかへ〈る〉べくもおぼされざりけれど、さりとて、夜をあかし給べきにあらねば、かへらせたまひぬ。

つねにつかうまつる人を見給に、かぐや姫のかたはらによるべ〈く〉だにあらざりけり。「こと人よりはけうらなり」とおぼしける人の、かれにおぼしあはすれば、人にもあらず。かぐや

ひめの御心にかゝりて、たゞひとりずみし給。よしなく御方々にもわたり給はず、かぐやひめの御もとにぞ、御文をかきてかよはせ給。御かへりさすがにくからずきこえかはし給て、おもしろく木草につけても御うたをよみてつかはす。

九　かぐや姫の昇天

＊1 このように、（帝と姫は）お心を互いに慰めなさっているほどに、三年ばかりあって、春の初めから、かぐや姫は月が美しく出ているのを見て、普段よりも、物思いしている様子である。ある人が、

「月の顔を見るのは、忌まわしいこと」

と制止したけれども、

ともすると、人の居ない間にも月を見ては、大層お泣きなさる。

七月十五日の月に部屋の端近くに出てすわって、ひどく物思いに耽る様子である。近くに仕えている人々が、竹取の翁に報告して言うには、

☆1「かぐや姫が、普段も月をめでていらっしゃいますけれど、この頃は、ただごとでもございませぬようです。大層お思い嘆きなさることがあるに違いませぬ。よく〳〵拝見なさって下さいませ」

と言うのを聞いて、(翁が)かぐや姫に言うには、

「どういうお気持ちで、物を思い詰めた様子で、月をご覧になっているのか。この満ち足りた世に」

と言う。かぐや姫は、

☆2「月を見ると、世の中が心細くしみじみと致します。どうして、何かを嘆いたり致しましょう」

と言う。

(その後も、翁が)かぐや姫のいるところに行って見ると、依然として物思いに耽っている様子である。これを見て、

「姫よ、何事を悩んでいらっしゃるのか。お思いのことは、何事か」

と言うと、(かぐや姫は)

★1「思っていることも無い。何となく心細く思われる」

と言うので、翁は、

「月をご覧になるな。これをご覧になるので、物思いなさる様子が見えるぞ」

と言うと、

★2「どうして、月を見ないでいられよう」

と言って、依然として、月が出ると、（部屋の端に）出てすわっては**溜メ息ヲツキ**ながら物思いに耽っている。（月の出ない）夕方の闇には、物思いをしない様子である。月の出る頃になると、依然として、その時々は**溜メ息をツイテ**いる。これを（見て）、お仕えする人々は、

「やはり、物をお思いになることがあるに違いない」

とささやくけれど、両親をはじめとして、何事とも分からない。

八月十五日ばかりの月に端近くに出てすわって、かぐや姫は、たいそうひどくお泣きになる。人目も今ははばかりなさらずお泣きになる。これを見て、両親も、

「何事か」

と尋ねて騒ぐ。かぐや姫は、泣く〳〵言う、

☆3「以前から申し上げようと存じておりましたが、『きっとご心配なさることだ』と思って、今まで過ごして参りましたのでございます。『そんなふうに黙っていられようか』と思って、

申し上げるのでございます。我が身は、この国の人ではございません。月の都の人でございます。それなのに、前世の宿縁がありました故に、この人間世界に参りました。今は帰るべき時になりましたので、この月の十五日に、あのもとの国から、（私を）迎えに人々がやって参るでしょう。避けることができず帰りましたら、お嘆きなさるだろうことが悲しくて、この春から嘆いているのでございます」

と言って、激しく泣くのを、翁は、

「これは、何ということをおっしゃるのか。竹の中から見つけ申し上げたが、菜種ほどの大きさでいらっしゃったのを、私の丈と並ぶほどにまで養い申し上げた我が子を、一体誰がお迎え申し上げよう。絶対に許さない」と言って、「私の方こそこの世を去りたい」

と言って、泣き騒ぐことは、とても耐え切れそうにない。かぐや姫が（泣きながら）言うには、

★3「父母は月の都の人なの。片時の間ということで、あの国から参上したけど、このように、この国で多くの年を経てしまったの。あの国の父母のことも思い出せず、遊び過ごさせていただき、慣れ申し上げたの。（月の都に帰るのも）嬉しい気持ちもせず、悲しいばかり。けれど、自分の心にまかせず、お暇しようとしているの」

と言って、両親とともに激しく泣く。仕える人々も、年来慣れ親しんで、別れてしまうことを、

気立てなど、上品で可愛らしいのを見慣れて、

＊2（別れたら）恋しかろうことが耐え難く、湯水も飲めず、（翁・嫗と）同じ心で**溜メ息ヲツキ嘆キアッ**た。

このことを、帝は、お聞き遊ばして、竹取の家にお使いを遣わしなさる。お使いに、竹取の翁は対面して、泣くことは限りがない。このことを嘆くにつけ、鬚も白くなり、腰もかがまり、目もただれてしまった。翁は、今年は五十ばかりになったけれど、物を思うにつけて、片時の間に年老いてしまった、と（お使いには）見える。

お使いは、帝の仰せ言として、翁に言うには、

「『大変気の毒なことで物思いをすると聞くが、本当か』と仰せになっていられる」

竹取の翁は、（お使いに）泣く〳〵申し上げる、

「この十五日に、月の都から、かぐや姫の迎えが参ると聞く。畏れ多くもお尋ね遊ばされた。この十五日に（警護の）人々を賜って、月の都の人が参ったら、捕らえさせよう」

と申し上げる。お使いは、帰って参り、翁の様子を申し上げて、（翁が）奏上したことなどを申

し上げると、（帝は）お聞き遊ばされておっしゃる、

「一目※1ご覧なさったお心にさえお忘れになれないのに、（翁は）明け暮れ見慣れたかぐや姫を（月の都に）やっては、どんなに悲しいだろう」

その十五日に、各役所に仰せになって、勅使に、少将高野の大国という人を指名して、六衛の府を合わせて二千人の人を、竹取の翁の家にお遣わしになる。

＊3（二千人は）翁の家に到着して、築地の上に千人、屋根の上に千人、翁の家の召使たちがたいそう多くいたのに合わせて、空いた透き間もなく守らせる。

嫗は、塗籠の中で、かぐや姫を抱き締めている。翁も、塗籠の戸を閉ざして、戸口にいる。翁が言うには、

「これほど（厳重に）守っているところに、天人も負けようぞ」

と言って、屋根の上にいる人々に言うには、

「少しでも、何かが、空を飛んだら、さっと射殺しなさい」

守る人々が言うには、

☆4「かほどにして守るところに、蚊（ほどのもの）一匹でさえ飛んだら、まず射殺して、外に曝し物にしてやろうと存じます」

と言う。翁は、これを聞いて、頼モシガッテいる。

これを聞いて、かぐや姫は、（お側の召使に）

「（私を塗籠に）閉じ込めて、守り戦う準備をしたとしても、あの月の国の人に対して戦うことはできないの。弓矢で射ることはできない。こんなふうに閉じ込めてあっても、あの国の人が来たら、みんな開いてしまうの。立ち向かって戦おうとしても、あの国の人が来たら、勇猛心を発揮する人も、万一にも居りますまい」

翁が（聞き及んで）言うには、

「姫のお迎えに来る人を、長い爪で、▲目玉を掴み潰してやる。そいつの髪を掴んで、（空から）かなぐり落としてやる。そいつの尻をかき出して、大勢の朝廷の人たちに見せて、恥をかかせてやる」

と、腹を立てている。かぐや姫が、言うには、

☆5「声高におっしゃいますな。屋根の上にいる人たちが聞くにつけ、本当に聞き苦しい。戴きました数々の志を、わきまえもせず、お暇することが残念でございます。前世からの宿縁

がございませんでしたので、『間もなく（月の都に）にお暇するようだ』と思うのが、悲しいのでございます。両親への御恩返しを、いささかも致しませず、お暇する道も心安らかでいられませんでしょうから、この日頃も端に出て座っていて、今年だけの（月への帰国の）猶予を（月の王へ）お願い申したのですが、全く許されませんので、このように嘆いているのでございます。（御両親様の）御心をのみ乱して去ってしまいますことが、悲しく、耐え難く存ずるのでございます。あの月の都の人は、大層すばらしく、年を取ることも致しません。思い悩むこともないのでございます。そのような（理想の）楽土へ参りますことも、嬉しくもございません。老い衰えなさっていらっしゃる様子を、（今後）お世話できませぬことこそ、恋しく存ぜられましょう」

と言い、翁は、

「胸の痛くなることをおっしゃるな。端麗な姿をした（月の）使いにも妨げられまい」

と、**悔シガッテ**いる。

こうしているいる程に、宵が過ぎて、午前零時ころに、家のあたりが、昼の明るさにもまさって、明るくなっている。満月の明るさを、十倍にした程で、そこにいる人の毛の穴まで見える程である。大空から、人が、雲に乗って降りて来て、地面から一五〇センチばかりのところで、立ち並んでいる。

＊4 これを見て、家の内外にいる人々の心は、何者かに襲われるようで、応戦しようとする気力を失せた‖。やっと気を奮い立たせて、弓矢を取り構えようとするけれど、手に力も失せて、体も痺れている。中に、気丈な者が、痺れをこらえて（矢を）射ようとするけれど、（矢は）あらぬ方角へ行った‖ので、

荒々しく戦えず、気持ちはたゞたゞ**ボーット**して、顔を見つめ合っている。

　立っている人々は、装束のすばらしいことは、譬える物もない。空を飛ぶ車を一つ備えている。絹傘が差しかけてある。その中で、王と思われる人が、翁の家に向かって、

「みやつこまろ、※2 **出て参れ**」

と言うと、猛々しく思っていたみやつこまろも、何かに酔った気持ちがして、うつぶしに伏している。（王が）言うには、

「汝、心幼きものよ。少しばかりの功徳を、翁が作ったことによって、汝の助けとして、片時のほどとて（姫を）下したが、長い年月の間に、多くの黄金を※3 **与えてやって**、生ま

れ変わったように裕福になった。かぐや姫は、罪を犯しなさったので、このように、卑しいお前のもとに、しばしいらっしゃったのだ。贖罪の期限が終わったので、このように迎えにきたのに、翁は泣き嘆いているのは、おかしなことだ。はやく（姫を）※4お出し申し上げよ」

と言う。翁は、答えて申し上げる、

☆6「かぐや姫を養い申し上げることは、廿年余りになりました。「片時」とおっしゃったので、疑わしくなってございます。また別の所に、かぐや姫と申し上げる方がいらっしゃるのでしょう」と言い、「ここにいらっしゃるかぐや姫は、重い病を患っていらっしゃるので、出ていらっしゃれますまい」

と申し上げると、その返事はなくて、屋根の上に飛ぶ車を寄せて、

「さあ、かぐや姫、汚れた所に、どうして久しくいらっしゃるのか」

と言う。立て閉ざした所の戸は、即座に、ひとりでに開いてしまう。格子なども、人はいなくて開いてしまう。嫗が抱いて座っていたかぐや人は、外に出る。止めること出来ないので、ただ上を向いて泣いている。

竹取の翁が、放心のさまで泣き伏せっている所に近寄って、かぐや姫が言う、

「私も不本意ながらお暇するが、せめて私が昇天するのをお見送りください」と言うけれど、

「どうして、悲しいのに、見送り申し上げよう。私を、どうせよと言って、捨てて昇天なさるのか。一緒に連れて行かれよ」

と言って、泣いて伏せるので、（姫は）心乱れる。

「文を書き置いてお暇する。恋しい折々、取り出してご覧ください」

と言って、泣きながら書く文の言葉は、
☆7 **この国に生まれたのであれば、嘆かせ申し上げない程までお側におりますのに、そう出来ませず、年月を過ごしてお別れしますことは、返す返すも不本意に存じます。脱ぎ置く衣装を、形見としてご覧ください。月の出た夜は、月を見やりなさってください。（ご両親を）お見捨て申し上げて、お暇する空からも、落ちてしまいそうな気持ちが致します。**
と書き置く。

天人の中に、持参させた箱がある。天の羽衣が入っている。またある箱には、不死の薬が入っている。一人の天人が言う、

「壺の中のお薬をお飲みなさい。汚れた所のものを、お召し上がりなさったので、ご気分がすぐれないのでは」

と言って、持って寄るので、僅かに嘗めなさって、少し（翁・嫗への）形見にと、脱ぎ置く衣装に包もうとすると、側にいる天人が、包ませないで、天の羽衣を着せようとする。その時に、かぐや姫は、

「少し待て」と言う。「天の羽衣を着せた人は、心が（地上の人と）違ってしまうのだと言う。一言、言い置くべきことがあった」

と言って、文を書く。天人は、

「遅い」

と、**待チ遠シガリイライラナサル**。かぐや姫は、

「物の道理の分からないことをおっしゃりなさるな」

と言って、大層物静かに、朝廷にお文を書いて差し上げなさる。落ち着き払った様子である。

☆8　このように、大勢の人をお遣わしくださって、（私を）お止めくださいましたが、（それを）許さない迎えが参り来て、（私を）捕らえて連れて参りますので、残念で悲しゅうございます。宮仕え致さずになりましたのも、このような面倒な身でございますれば。ご納得いかず思し召しなされましたでしょうけれど、頑固に、（宮仕えを）承らずなってしまいましたことを、無礼千万な奴とご記憶に止め遊ばされてしまいましょうことが、気にかかってござい

ます。

と書いて、

今はとて天の羽衣きる折ぞ君をあはれと思ひいでける

〈今はもう、（地上世界と）お別れの時と、天の羽衣を着る折に、帝をしみじみとお慕わしく存じておりました〉

と詠んで、壺の薬を添えて、頭中将を呼び寄せて帝に献上させる。頭中将に、天人が取り次いで渡す。頭中将が受け取ると、（天人が姫に）**サット** 天の羽衣を着せ申し上げると、翁を、「気の毒で、悲しい」とお思いになっていた気持ちもなくなってしまう。

＊5この天の羽衣を着る人は、物思いもなくなってしまったので、飛ぶ車に乗って、百人程の天人を従えて、昇天する。

㊟＊1点線ノ中ハ、コノ章段ノ始マリヲ示ス語リ。
＊2点線ノ中ハ、翁・嫗ニ仕エル人々ガ、姫ガ居ナクナッタ時ノコトヲ思イ、嘆キ悲シム。コノコトガ朝廷ニ伝ワリ、帝ノ使イガ翁邸ヲ訪レルガ、コノ間ニ、マルデ何年モ経ッテシマッタヨウナ時ノ流レヲ

表ス語リ。

＊3点線ノ中ハ、姫ヲ迎エル月ノ軍ニ対抗スルタメニ、帝ガ二千人ノ兵士ヲ翁邸ニ遣ワシタトイウ現実ニアリ得ナイコトヲ示ス語リ。

＊4点線ノ中ハ、翁邸ヲ守ロウトスル兵士タチガ、異常ナ状態ニナルコトヲ示ス語リ。

＊5点線ノ中ハ、コノ章段ノ終ワリヲ示ス語リ。

※1帝ノ自敬表現（天皇語）。※2・※3・※4月ノ王ノ自敬表現（天皇語ニ準ズル）。

☆1翁邸ニ仕エル人々ハ、翁ニ対シテ、丁重語ヲ用イル。☆2姫ハ、翁ノ問イニ最初ハ丁重ニ答エル。

☆3姫ハ、両親ヤオ側ノ人々ガ心配スルノニ、サスガニ自分ノ出自ヲ丁重語デ詳シク打チ明ケル。

☆4「かほどに」ハ、「蚊ほど（に）」ノ洒落。帝ニ仕エル兵士ハ、教育ヲ受ケテイテ、丁重語ヲ用イル。

☆5姫ハ冷静デ、丁重語ヲ用イテ最後ニ両親ヘノ思イヲ述ベル。

☆6翁ハ月ノ王ニ丁重語ヲ用イテ答エル。

☆7姫ハ翁ニ丁重語ヲ用イテ文ヲ書キ残ス。

☆8姫ハ帝ニ丁重語ヲ用イテ文ヲ書キ残ス。

★1翁ノ再度ノ問イニ、姫ハイラダチヲ覚エテ、タメ口にナル。★2翁ノ度重ナル問イニ、姫ハ、イラダチヲ隠セズ、タメ口ヲ重ネル。★3翁ノ自分ヲ思ッテクレル言葉ニ、姫ハ泣キナガラ思ワズタメ口ニナル。

▲「**目玉**」ノ本文「**まなこ**」ハ、翁ノ出自ガ庶民デアルコトヲ示ス。コノ部分ノ翁ノ言葉遣イハ、翁ノ激怒ヲ表シ、極メテ乱暴ニナッテイル。

九
本文

＊1かやうにて、御心をたがひになぐさめたまふほどに、三年ばかりありて、春のはじめより、かぐや姫、月のおもしろう出たるをみて、つねよりも物思ひたるさまなり。ある人の、「月のかほみるは、いむこと」〈と〉せいしけれども、

ともすれば、ひとまにも月をみては、いみじくなき給。七月十五日〈の月〉にいでゐて、せちに物おもへるけしきなり。ちかくつかはる丶人々、竹とりのおきなにつげていはく、

☆1「かぐやひめ、れいも月をあはれがり給へども、このごろとなりては、たゞことにも**侍ら**ざめり。いみじくおぼしなげくことあるべし。よく〳〵みたてまつらせ給へ」

といふをきゝて、かぐやひめにいふやう、

「なんでう心ちすれば、かく物を思ひたるさまにて、月をみ給ぞ。う（✕と）ましき世に」

といふ。かぐやひめ、
☆2「みればせけん心ぼそくあはれに**侍る**。なでう、もの〈を〉かなげき**侍る**べき」
といふ。

かぐやひめのあるところに、いたりてみれば、なを物おもへるけしきなり。これをみて、

「あがほとけ、なにごと思ひたまふぞ。おぼすらんことなに〈ごと〉ぞ」

といへば、
★1「思ふこともなし。物なむこゝろぼそくおぼゆる」
といへば、おきな、

「月なみ給そ。これをみたまへば、物おぼすけしきはあるぞ」

といへば、
★2「いかでか月をみではあらん」
とて、なを、月出れば、いでゐつゝ、なげき思へり。ゆふやみには、ものをおもはぬけしきなり。月のほどになりぬれば、猶、時〴〵はうちなげきなどす。これを、つかふ物ども、

「なを、物おぼすことあるべし」

とさゝ、やけど、おやをはじめて、なにごとゝもしらず。

八月十五日ばかりの月にいでゐて、かぐやひめ、いといたくなき給ふ。人めもいまはつゝみ給はずなきたまふ。これをみて、おやども、、

「なに事ぞ」

と、ひさはぐ。かぐやひめなく〳〵いふやう、

☆3「さき〳〵も申さむとおもひしかども、『かならずこゝろまとはし給はん物ぞ』と思ひて、すごし侍つる也。『さのみは』とて、うちいで侍ぬるぞ。をのが身は、此國の人にもあらず、月のみやこの人なり。それなむ、むかしのちぎりありけるによりなん、この世界にはまうできたりける。いまは、かへるべきになりにければ、この月の　十五日に、かのもとの國より、むかへに人々まうでこんず。さらずまかりぬべければ、おぼしなげかん〈が〉かなしきことを、この春より、おもひなげき侍るなり」

といひて、いみじくなくを、おきな、

「こは、なでうことの給ぞ。竹の中よりみつけきこえたりしかど、なたねのおほきさおはせしを、わがたけたちならぶまでやしなひたてまつりたるわが子を、なに人かむかへきこえん。まさにゆるさむや」といひて、「われこそしなめ」

とて、なきのゝしることいとたへがたげなり。かぐやひめのいはく、

★3「月の宮この人にてちゝはゝあり。かた時のあひだとて、かの國よりまうでこしかども、かく、このくにゝはあまたの年をへぬるになむありける。かの國のちゝ母の事もおぼえず、こゝには、かくひさしくあそびきこえて、ならひたてまつれり。いみじからん心ちもせず、
かなしくのみある。されど、をのが心ならず、まかりなんとする」
といひて、もろともにいみじうなく。つかはるゝ人〴〵も、としごろならひて、たちわかれなん事を、こころばへなど、あてやかに、うつくしかりつることをみならひて、

＊2こひしからむことのたへがたく、ゆ水のまれず、おなじ心に**なげかしがり**けり。
この事を、みかど、きこしめして、たけとりの家に御つかひつか〈はさ〉せ給。御使に、竹とりいであひて、なくことかぎりなし。このことを**なげく**に、ひげもしろく、こしもかゞまり、めもたゞれにけり。おきな、今年は五十ばかりなれども、ものおもふには、かた時になむ老になりにける、とみゆ。

御つかひおほせごとゝて、おきなに、いはく、
「『いと心ぐるしく物おもふなるは、まことにか』とおほせ給」

竹とり、なく〳〵申。

「この十五日になむ、月の宮こより、かぐやひめのむかへにまうでくなる。たうとくとはせ給。此十五日は、人〴〵給はりて、月のみやこの人まうでこば、とらへさせむ」と申。

（**重複**×御つかひおほせごとゝて、おきなにいはく、いと心ぐるしく、物おもふなるはまことにか、とおほせ給。竹とりなく〳〵申す、この十五日になむ月のみやこより、かぐやひめのむかへにまうでくなる、たうとくとはせ給、この十五日は人〴〵たまはりて、月のみやこの人まうでこば、とらへさせむ、と申）

御つかひかへり〈ま〉いりて、おきなのありさま申て、奏しつる事ども申を、きこしめしての給、

「一め※1 **みたまひし御心にだにわすれたまはぬ**に、あけくれみなれたるかぐやひめをやりて、いかゞおもふべき」

かの十五日、つかさ〳〵におほせて、勅使、〈中〉（×少）将高野のおほくにといふ人をさして、六衛のつかさあはせて〈二〉（×六）千人の人を竹とりがいゑにつかはす。

＊3 家にまかりて、ついぢのうへに千人、やのうへに千人、家のひと〴〵いとおほかりける‖に

あはせて、あけるひまもなくまもらす。

このまもる人々も弓矢をたいして、おもやのうちには女ども番におりてまもらす。女、ぬりごめのうちに、かぐやひめをいだかへてをり。おきなもぬりごめの戸をさして、とぐちにをり。おきなのいはく、

「かばかりまもる所に、天の人にもまけんや」

といひて、やのうへにをる人〴〵にいはく、

「露も、物、空にかけらば、ふといころし給へ」

まもる人〴〵のいはく、

☆4「かばかりしてまもるところに、蚊ばかり一だにあらば、まづいころして、ほかにさらんとおもひ **侍る**」

といふ。おきな、これをきゝて **たのもしがり** をり。

これをきゝて、かぐやひめは、

「さしこめて、まもりたゝかふべきしたぐみをしたりとも、あの國人をえたゝかはぬなり。ゆみやしていられじ。かくさしこめてありとも、かの國の人きなば、たけき心つかう人もよ

もあらじ」

おきなのいふやう、

「御むかへにこむ人をば、ながきつめして、▲**まなこ**をつかみつぶさむ。さがかみをとりて、かなぐりおとさむ。さがしりをかきいでゝ、こゝらのおほやけ人にみせて、はぢをみせむ」

と、はらだちをる。かぐやひめ、いはく、

☆5「こはだかになの給そ。やのうへにをる人どものきくに、〈い〉とまさなし。いますがりつる心ざしどもを、おもひもしらで、さりなむとすることの、くちおしう**侍**けり。ながきちぎりのな〈かり〉ければ、『ほどなくまかりぬべきなめり』とおもふが、かなしく**侍**也。おやたちのかへりみを、いさゝかだにつかうまつらでまからむ道もやすくもあるまじきを、日ごろもいでゐて、今年ばかりのいとまを申つれど、さらにゆるされぬによりてなむ、かく思ひなげき**侍る**。御心をのみまとはしてさりなんことの、かなしくたへがたく**侍る**なり。かの宮この人は、いとけうらに、おいをせずになむ。思ふことなく**侍る**也。さる所へまからんずるもいみじく**侍ら**ず。老をとろへ〈給へ〉るさまを、みたてまつらざらんこそ、こひしからめ」

といひて、おきな、

「むねいたき事なし給そ。うるはしきすがたしたるつかひにもさはらじ」

と**ねたみ**をり。

か丶るほどに、よひうちすぎて、ねの時ばかりに、家のあたり、ひるのあかさにもすぎて、ひかりたり。もち月のあかさをとをあはせたるばかりにて、ある人のけのあなさへみゆるほどなり。おほぞらより、人、雲にのりておりきて、つちより五尺ばかりあがりたるほどにたちつらねたり。

＊4 それをみて、うちとなる人のこ丶ろども、ものにおそはる丶やうにて、あひた丶かはむこころもなかりけり。からうしておもひをこして、弓矢をとりたてむとすれども、てにちからもなくなりて、なえか丶りたり。中に心さかしきもの、ねんじていむとすれども、ほかざまへいきければ、

あれもた丶かはで、心ちた丶〈しれに〉しれて、まもりあへり。

たてる人どもは、さうぞくのきよらなること、ものにもにず。とぶ車ひとつぐしたり。らがいさしたり。そのなかに、わうとおぼしき人、家に、

「宮つこまろ、※2 **まうでこ**」

といふに、たけくおもひつるみやつこまろも、ものにゑひたるこゝちして、うつぶしにふせり。いはく、

「なんぢ、をさなき人。いさゝかなるくどくを、おきなつくりけるによりて、なんぢがたすけにとて、かた時のほどゝてくだししを、そこらのとしごろ、そこらのこがね※3給て、身をかへたるがごとなりにたり。かぐやひめは、つみをつくり給へりければ、かく、いやしきをのれがもとに、しばしおはしつるなり。つみのかぎりはてぬれば、かくむかふるを、おきなはなきなげく、あたはぬことなり。はや※4**いだしたてまつれ**」

といふ。おきな、こたへて申、

☆6「かぐやひめをやしなひたてまつること、廿餘年になりぬ。『かた時』との給に、あやしくなり**侍**ぬ。又こと所に、かぐや姫と申人ぞおはすらん」といふ。「こゝにおはするかぐやひめは、おもきやまひをし給へば、えおはしますまじ」

と申せば、その返事はなくて、やのうへにとぶ車をよせて、

「いざ、かぐやひめ、きたなき所に、いかでかひさしくおはせん」

といふ。たてこめたるところの戸、すなはち、たゞあきにあきぬ。かうしども、ひとはなくしてあきぬ。女いだきてゐたるかぐやひめ、とにいでぬ。えとゞむまじければ、たゞさしあふぎて

なきをり。

竹取、心まとひてなきふせる所によりて、かぐやひめいふ、

「こゝにも、心にもあらでかくまかるに、のぼらんをだにみをくり給へ」

といへども、

「なにしに、かなしきに、みをくりたてまつらん。われを、いかにせよとて、すて、はのぼり給ぞ。ぐしてゐておはせね」

と、なきてふせれば、御心まとひぬ。

「ふみをかきをきてまからん。こひしからんおり〳〵、とり出て見給へ」

とて、うちなきてかくことば、、
☆7 この國にむまれぬるとならば、なげかせたてまつぬ程まで**侍ら**で、すぎわかれぬること、かへすぐ〴〵ほいなくこそ**侍れ**。ぬぎをくきぬを、かたみとみ給へ。月のいでたらん夜は見をこせ給へ。みすてたてまつりて、まかる空よりも、おちぬべき心ちする。
とかきをく。

天人の中にもたせたる箱あり。天の羽衣いれり。またあるはふしのくすりいれり。ひとりの天人いふ、

「つ〈ぼ〉（×も）なる御くすりたてまつれ。きたなき所の物きこしめしたれば、御心ちあしからん物ぞ」

とて、もちよりたれば、いさゝかなめ給て、すこしかたみとてぬぎおくきぬにつゝまんとすれば、ある天人、つゝませず、みぞをとりいでゝ、きせんとす。そのとき、かぐやひめ、「しばしまて」といふ。「きぬきせつる人は、こゝろことになるなりといふ。物ひとこと、いひおくべきことあり」

といひて、文かく。天人、「をそし」

と**心もとながり**給。かぐやひめ、

「物しらぬ事なの給そ」

とて、いみじうしづかに、おほやけに御文たてまつり給。あはてぬさまなり。

☆8 かく、あまたの人を給ひて、とゞめさせたまへど、ゆるさぬむかへまうできて、とりいてまかりぬれば、くちおしくかなしきこと。宮づかへつかうまつらずなりぬるもの、、わづらはしき身にて**侍れ**ば。心えずおぼしめされつらめども、心つよく、うけ給はらずなりにし事、なめげなる物におぼしめしとゞめられぬるなん、心にとまり**侍**ぬ〈る〉。

とて、

いまはとてあまのは衣きるおりぞ君をあはれ〈と〉思いでける

とて、つぼのくすりそへて、頭中将よびよせてたてまつらす。中将に天人とりてつたふ。中将とりつれば、ふとあまの羽ころもきせたてまつれば、おきなを、「いとおし、かなし」とおぼしつる事もうせぬ。

＊5 このきぬきつる人は物思なくなりにければ、くるまにのりて百人ばかり天人ぐして、のぼりぬ。

十　富士の煙

＊1その後、翁と嫗は、（涙も枯れ果て）血の涙を流して**ウロツキ回ル**けれど、何のかいもない。あの（姫が）書き置いた文を、（そばの人が）読んで聞かせた‖けれど、
「何をしようとして、命が惜しいだろう。誰のためにか（惜しかろう）。何ごとも、無用だ」

と言って、薬も飲まず、そのまま、起き上がることもなく、病に臥せってしまう。

頭中将は、家来たちを引き従えて帰り参上して、かぐや姫を、天人たちと戦って引き留められず終わることを、事細かに奏上する。薬の壺に、（姫の帝への）お文を添えて、献上する。（帝は文を）広げてご覧遊ばされて、大層ひどく**悲シガリ**なさって、お食事もお摂りにならず、管弦の遊びもなくなった‖。

大臣や上達部をお召しになって、

「どこの山が、天に近いか」

と、お尋ね遊ばすと、ある人が、奏上する、

☆「**駿河の国にあるという山が、この国の都にも近く、天にも近うございます**」

と奏上する。これをお聞き遊ばされて、

逢ふことも涙にうかぶ我が身には死なぬ薬も何にかはせむ

〈姫に逢うことも叶わず涙の中に浮かんでいる我が身にとって、不死の薬も何になることか〉

あの献上品の不死の薬に、また、壺を添えて、勅使にお渡しになる。勅使には、つきの石笠という人をお召しになって、駿河の国にあるという山の頂に、持って到着するよう仰せになる。嶺ですべきことを、お教えになる。お文、不死の薬の壺を並べて、火を点けて燃やすべきよしを、仰せになる。

（つきの石笠は）そのよしを承って、兵士たちを大勢引き従えて、山へ登ったことから、その山を「富士の山」と名付けた。

その煙が、未だに雲の中へ立ちのぼっていると、言い伝えている。

㊟＊1 コノ章段ノ始マリヲ示スト同時ニ、翁・嫗ソシテ帝モ姫ヲ失ッテ、生キル望ミヲ喪失シタコトヲ示ス語リ。

＊2 コノ章段ノ終ワリヲ示スト同時ニ、「不死」カラ「富士」ト名付ケタノデハナク、「多ク〈富〉ノ兵士」ヲ連レテ登ッタカラ「富士」ト名付ケタノダトイウ、逆転ノ洒落ノ謎解キデ、コノ物語ノ最終結末ヲ示ス語リ。

☆アル人ガ、帝ニ謹ンデ奏上スル。

十

本文

＊1 その、ち、おきな・女、ちのなみだをながして**まとへ**ど、かひなし。あのかきをきし文をよみきかせけれど、

「なにせんにか、いのちもおしからん。たがためにか。なに事も、ようなし」

とて、くすりもくはず、やがて、おきもあがらで、やみふせり。

中将、人々〈ひき〉ぐしてかへりまいりて、かぐやひめを、えたゝかひとめずなりぬる事、こまぐ〳〵とそうす。くすりのつぼに、御文そへてまいらす。ひろげて御覧じて、いといたく**あはれがら**せ給て、ものもきこしめさず、御あそびもなどもなかりけり。

大臣・上達部をめして、

「いづれの山か天にちかき」

と、ゝはせ給に、ある人、そうす、

☆「するがの國にあるなる山なん、この都もちかく、天もちかく**侍る**」

と奏す。これをきかせ給て、

あふ事も涙にうかぶわが身にはしなぬくすりもなにゝかはせん

かのたてまつるふしのくすりに、また、つぼぐして、御使にたまはす。勅使には、月のいはがさといふ人をめして、するがの國にあなる山のいたゞきに、もてつくべきよしおほせ給。みねにてすべきやう、をしへさせ給ふ。御文、ふしのくすりのつぼならべて、火をつけてもやすべきよしおほせ給。

＊2 そのよしうけ給て、つはものどもあまたぐして、山へのぼりけるよりなん、その山を「ふしの山」と（重複 ×と）は名づけゝる。そのけぶり、いまだ雲のなかへたちのぼるとぞいひつたへたる。

おわりに

本書は、旧著『平安物語の動画的表現と役柄語』（笠間書院　二〇〇九年）の第一部　物語の動画的表現と役柄語の**第一章『竹取物語』の動画的表現と役柄語**で述べた理論めいたものを、新たな「現代語訳」として実践したものです。

古典を愛好する一般の人々が、本文に関するやや繁雑な注など参照しながら、現代語訳の部分を読んでいくのも楽しいものでもありましょうが、本書では現代語訳だけを読んでも、平安時代の読者の読みに近づけるように、試みたものですが、筆者の意図はどこまで実践できたでしょうか。心もとない限りです。

地の文では、「けり」が重要な働きをしていますが、その「テクスト機能」という術語は旧著では用いませんでした。その後、次に掲げる「けり」「き」「つ」「ぬ」「たり」「り」に関する詳細にして精緻な著書が刊行されました。

井島正博『中古語過去・完了表現の研究』（ひつじ書房 二〇一一年）

右では、「けり」に関する「テクスト機能説」として、阪倉篤義・竹岡正夫・片桐洋一・辻田昌三・糸井通浩・藤井貞和の諸氏の論を挙げ、論究しています。

本書は、阪倉・竹岡のお二人の説に負うところが多いのですが、国語学者にとどまらず、国文学者の「けり」の研究にも興味を覚えます。「けり」の文法的意味「過去」を基礎に物語という語りの展開から発現される「テクスト機能」の研究が今後一層進み、現代語訳にも活かされることを望みます。本書の試みが、その捨て石になればと思います。

「会話文」では、旧著で全く注意出来なかった「侍り」に本書は注目しました。「侍り」を「丁重語」としましたが、現代語訳では「丁寧語」並みに訳しました。

現代語の敬語については、二〇〇七年に文化審議会答申の「敬語の指針」があって、「五種類（五分類）」すなわち、尊敬語・謙譲語Ⅰ・謙譲語Ⅱ（丁重語）・丁寧語・美化語と示されています。本書の「丁重語」は、現代語の敬語を五種類とするなら、『竹取物語』の「侍り」は、謙譲語Ⅱ（丁重語）・丁寧語の中間的なものと、筆者は考えています。このような考え方は、付録の論文でも十分に説明出来ておりません。今後他の物語の現代語訳を試みていくなかで考えを深めたく思っています。なお、敬語にも関わる『竹取物語』中の和歌の現代語訳は、「はじめに」にも触れた通り、本書の試みとしては未だしのもので、参考までに現代語訳中の和歌の左の〈 〉中に大意として添えたものです。古典の和歌の現代語訳は多くの注釈書では、敬体でなされています。本書の訳ではほとんどを常体にしましたが、これも今後の課題と致します。

付録論文

『竹取物語』の会話文

――「侍り」をめぐって――

はじめに

物語文学の会話文は、物語という芝居の舞台に登場してくる人物（役者）が相互に交わし合うセリフであり、語り手による地の文が描き上げる人物の動き（演技）と情景（背景）と、その時間の流れの中で、セリフが交わされることによって、全てが実現する。『源氏物語』以前の成立とされるいわゆる昔物語『竹取物語』『落窪物語』『うつほ物語』等の会話文の多さも物語の始発のあり方として自然に了解されよう。

本稿はこのような考え方に立ち、昔物語の会話文について、特に『竹取物語』のいわゆる丁重語「侍り」の用法を中心に私見を述べるものである。

『竹取物語』に入る前に『うつほ物語』の会話文の例に触れておく。

「としかげ」巻と「藤はらの君」巻から各一節を引用する。

（引用本文は野口元大校注『うつほ物語(1)〈校注古典叢書〉』による）

1かくて、としかげ、日本へかへらむとて、波斯国へ渡ぬ。その国のみかど・后・まうけの君に、このことを一づゝたてまつる。みかど、おほきにおどろき給て、としかげをめす。まゐれるに、ことのよしをくはしくとひ給て、**の給はく**、「このたてまつれることのこゝゐ、あらきところあり。しばしひきならしてたてまつれ」と**の給**。「人のくにの人なれば、わたりてひさしくなりにけり、そのほどは、いたはりて候はせん」と**の給へ**ば、としかげ**申す**、「日本に年八十歳なるちゝは、侍しを、みすてゝまかりわたりにき。今はちりはひにもなり侍にけん。しろきかばねをだにみたまへむとてなん、いそぎまかるべき」と**申す**。みかど、あはれがり給て、いとまをゆるしつかはす。(としかげ　一二三頁)

2かくて、そちのぬし、おんなをめして、φ「かのふみは、たてまつりしめてきや」φおんな、φ「めのとご、いとよくきこえ申さん、とのたうびて。御返はかならずあらん。たうばりてまうでこむ」と申す。ぬし、φ「はやきたれ」といふ。おんな、ながとがもとにいきて、φ「この御返給はりにぞ、まうできつる」φながと、かへし給へりといはで、φ「いづれのよばひぶみの返しをかは、ひとたびにはのたまはん。たび〳〵の中にこそ、ひとたびもし給はめ」φおんな、φ「さらば、ぬしの君の　御もとに、おとゞの御ふみを、ことのよしきこえて、たてまつれ給へ」φながと、φ「いとよきこと也」とて、(藤はらの君　一三五頁)

1「としかげ」巻の例は、俊蔭が日本へ帰ろうとして、波斯国へ渡り、その国の帝らへ琴を献上したところ、帝は驚いて俊蔭を呼び、琴について話をする場面である。この会話文では、その前後に「**の給はく**」「**の給**」とあって、帝のセリフであることを、明示している。また、俊蔭が帝に言うセリフには、おなじく前後に「**申す**」「**申す**」とある。

次に2「藤はらの君」巻の例は、滋野真菅があて宮に求婚しようとして、その乳母の長門に仲介を頼むべく、おんな（嫗）に話しかける場面である。ここの会話文では「としかげ」巻と違って、いきなり地の文から真菅のセリフに移るが、その中に「しめ（しむ）」「きたれ（きたる）」のようないわゆる「漢文訓読語」が真菅特有の役柄語（注）として用いられているのが注意される。また、真菅と嫗、嫗と長門のセリフの初めと終わりを示す語は無い（**φを付した箇所**）。

1「としかげ」巻のような会話文の示し方を、かりに「**としかげ型**」、2「藤はらの君」巻のような「役柄語」などで示すものを「**藤はらの君型**」と呼ぶことにする。『竹取物語』では、会話文の内容によって両者が併用されていると考えられる。

（注）「役柄語」については、拙著『平安物語の動画的表現と役柄語』（笠間書院 二〇〇九年）で、次のように定義した。

「竹取物語」「うつほ物語」「落窪物語」「源氏物語」等の地の文には使われず、会話文に限って使われる語。会話主体が日常的に用いたであろうとされる用法（キャラ語 と仮称）と、普段は日常的には用いない主体が様々な緊張した場面で、強い語気・語調で、意図的に発する用法とがある。

前者は、主として身分の下位の者が、上位の聞き手に使うもので、場面によっては畏まり（卑下謙遜）に近い意味合いを帯びることがある。後者は、上位の者が下位の者を叱責する意味合いを帯びることもある。

滋野真菅の場合は、右の前者に当たるとしたいが、引用の場面では真菅より下位の嫗に対して使っており、極めて特異である。このような用法は、会話文であることを明示するために、物語作者により考案された表現技法であり、役柄語の一用法と考える。

真菅のセリフに見られる特異な用法については、拙論「昔物語の会話文に込められた登場人物のキャラ―『うつほ物語』の「ほに」の試解―」（梅光学院大学日本文学会「日本文学研究」第四七号〈二〇一二年〉）で詳述した。

一　姫と翁との会話の「侍り」

最初にかぐや姫と竹取の翁とのセリフのやりとりでの「侍り」を見る。

翁が姫に結婚を勧める場面は、次のようである。

おきな、かぐやひめに **いふやう**、

「我このほとけ、変化の人と申なから、こゝらおほきさまでやしなひたてまつる心ざしをろかならず。おきなの申さん事は、聞給ひてんや」

と **いへば**、かぐやひめφ、
☆1「何ごとをか、の給はんことは、うけ給はらざらん。変化のものにて **侍** けん身ともしらず、おやとこそおもひたてまつれ」

と **いふ**。おきな φ、

「うれしくもの給ふものかな」と **いふ**。φ☆2「おきな、とし七十にあまりぬ。けふともあすともしらず。このよの人は、おとこは女にあふ事をす。おんなは男にあふ事をす。その、ちなむ、門ひろくもなり **侍る**。いかでかさる事なくては、おわせむ」φ

（貴公子たちの求婚）

右では、翁の最初のセリフは「としかげ型」で示され、姫のセリフは「**藤はらの君型**」と「**としかげ型**」、次と次の翁のセリフは「**藤はらの君型**」が勝るという示され方である。これに続く場面は、前掲の翁の結婚の勧めに対し、姫のセリフは、先ず、

かぐやひめの **いはく**、

☆3「なんでうさる事し **侍ら** む」

と **いへば**、（貴公子たちの求婚）

と「**としかげ型**」で示される。ここで注意されるのは、結婚を拒否する短いセリフの中に「侍ら（侍り）」が使われていることである。姫は丁重に断っているのである。ところが翁は、執拗に結婚を勧める。

「変化の人といふとも、女の身もち給へり。おきなのあらんかぎりは、かうてもいます

かりなんかし。この人〴〵の、とし月を経てかうのみいましつゝ、の給ふことを、思ひさだめて、ひとり〳〵にあひたてまつり給ね」

と**いへば**、かぐや姫**いわく**、

*★1「よくもあらぬかたちを、ふかき心もしらで、あだこゝろつきなば、のちくやしきこともあるべきをと、思ふばかり也。世のかしこき人なりとも、ふかき心ざしをしらで〈は〉（×も）あひがたしとなんおもふ」と**いふ**。（貴公子たちの求婚）

姫の比較的長いセリフ*★1は「**としかげ型**」で示され、「侍り」は使われない。翁の執拗な結婚の強要に反発している姫の口調が、このように「**としかげ型**」による会話文を明示する表現技法によって表されていると考える。つまり、前の姫のセリフは、翁の結婚の要求に我慢しながらも、丁重に「侍り」を使用しているのであるが、執拗に迫られて「侍り」を用いない無敬語表現（タメ口）になったのである。

次は物語の終わりに近く、七月十五日の月に眺め入る姫を気づかって声を掛けた翁に応える姫のセリフである。

かぐやひめφ、

☆2「みればせけん心ぼそくあはれに**侍る**。なでう、ものかなげき**侍る**べき」

と**いふ**。（かぐや姫の昇天）

翁の心配を気遣って、丁重な口調で応じている。しかし八月十五日になると、姫の嘆きは隠しようもなくなり、ひどく泣きじゃくる。翁と嫗が尋ねかけるのに対し、姫の告白がなされる場面となる。

かぐやひめなく〳〵**いふやう**、

☆3「さき〴〵も申さむとおもひしかども、『かならずこゝろまとはし給はん物ぞ』と思ひて、すごし**侍**つる也。『さのみは』とて、うちいで**侍**ぬるぞ。をのが身は、此國の人にもあらず、月のみやこの人なり。それなむ、むかしのちぎりありけるによりなん、この世界にはまうできたりける。いまは、かへるべきになりにければ、この月の十五日に、かのもとの國より、むかへに人々まうでこんず。さらずまかりぬべければ、おぼしなげかん〈が〉かなしきことを、この春より、おもひなげき**侍る**なり」

と**いひて**、（かぐや姫の昇天）

右のように、両親が心配するのに対して、丁重な表現で応じている。

そして、いよいよ月よりの迎えが来る直前になって、姫は翁との別れを悲しみ、自分がいなくなった後の翁嫗の老後を案じた真情のこもったセリフを、どこまでも丁重に話す。前掲の例と同じく、「侍り」の多用と、セリフであることを明示する「**としかけ型**」が用いられている。

かぐやひめ、**いはく**、

☆5「こはだかになの給そ。やのうへにをる人どものきくに、〈い〉とまさなし。いますがりつる心ざしどもを、おもひもしらで、さりなむとすることの、くちおしう**侍**けり。ながきちぎりなければ、『ほどなくまかりぬべきなめり』とおもふが、かなしく**侍**也。おやたちのかへりみを、いさゝかだにつかうまつらでまからむ道もやすくもあるまじきを、日ごろもいでゐて、今年ばかりのいとまを申つれど、さらにゆるされぬによりてなむ、かく思ひなげき**侍る**。御心をのみまとはしてさりなんことの、かなしくたへがたく**侍る**なり。かの宮この人は、いとけうらに、おいをせずになむ。思ふことなく**侍る**也。さる所へまからんずるもいみじく**侍ら**ず。老をとろへ〈給へ〉るさまを、みたてまつらざらんこそ、こひしからめ」

と**いひ**て、（かぐや姫の昇天）

さらに月へ帰って行く姫に、翁が自分を連れていってくれ、と泣いて縋るのに対して、姫は惑乱しながらも、丁重な手紙を書き残す場面が、次のように続いている。

「ふみをかきをきてまからん。こひしからんおり〳〵、とり出て見給へ」

とて、うちなきてかくことばは、
☆7この國にむまれぬるとならば、なげかせたてまつぬ程まで**侍ら**で、すぎわかれぬること、かへすぐ〵ほいなくこそ**侍れ**。ぬぎおくきぬを、かたみとみ給へ。月のいでたらん夜は見をこせ給へ。みすてたてまつりて、まかる空よりも、おちぬべき心ちする。
とかきおく。（かぐや姫の昇天）
このように、姫は、まれに翁に強い口調で迫る無敬語表現で応えることはあるものの、基本的に養父母に対して極めて丁重に接していることが分かる。そのセリフは、主に「**としかげ型**」で明示されている。

二 姫から帝への「侍り」

この節では、かぐや姫が帝に対して用いた「侍り」を見る。

（帝ハ）たぐひなくめでたくおぼえさせ給てφ、

「ゆるさじとす」

とて、いておはしまさんとするに、かぐやひめ、こたへて**奏す**、
☆5「をのが身は、此國に生まれて**侍ら**ばこそつかひ給はめ、いとゐておはしがたくや**侍**

らん」

と**奏す**。**みかど**φ、

「などか、さあらん、猶※9**ゐておはしまさむ**」

とて、御こしをよせ給に、このかぐやひめ、きとかげになりぬ。「はかなくくちおし」とおぼしてφ、

「さらば、御ともに**いていかじ**。もとの御かたちとなり給ひね。それをみてだにかへりなん」

と**おほせらるれば**、(帝の求婚)

右の場面での姫の帝へのセリフは、さすがに丁重である。ところで、帝のセリフ中の「おはしまさ（おはします）」は、自身の動作にいっており、「自敬表現（自己尊敬）」と呼ばれるものである。これについては後述するが、ここで注意されるのは、そのセリフでは「自敬表現」であるが、次のセリフでは「**いていかじ**」と、対等の表現になっていることである。帝の姫への気持ちの変化がこの言葉に続く「御かたちとなり給ひね」という姫を尊敬する表現となっていることが注目される。

右のような帝の姫に対する自敬表現から対等表現へ、さらに尊敬表現へのセリフの変化に、頑

なであった姫も心を動かされたのであろう。その後の場面には、

御かへりさすがにくからずきこえかはし給て、おもしろく木草につけても御うたをよみてつかはす。（帝の求婚）

と、二人の熱愛とも見られる描写が記されている。

そして別れの最後に、帝に残す手紙は、セリフと同じ丁重な文言でなされている。

いみじうしづかに、おほやけに御文たてまつり給。あはてぬさまなり。

☆8かく、あまたの人を給ひて、とゞめさせたまへど、ゆるさぬむかへまうできて、とりいてまかりぬれば、くちおしくかなしきこと。宮づかへつかうまつらずなりぬるもの、、わづらはしき身にて**侍れ**ば。心えずおぼしめされつらめども、心つよく、うけ給はらずなりにし事、なめげなる物におぼしめしとゞめられぬるなん、心にとまり**侍**ぬ〈る〉。

とて、（かぐや姫の昇天）

三　王慶・家来・侍女ら下位者から上位者への「侍り」

☆火ねずみにかは衣、**からうして**人をいだしてもとめてたてまつる。今の世にもむか

しのようにも、このかは、たはやすくなき物なりけり。むかし、かしこき天竺のひじり、この国にもてわたりて**侍**ける。西の山寺にありとき、をよびて、おほやけに申て、**からうして**かひとりて、たてまつる。あたいの金すくなしと、こくし、使に申しゝかば、わうけいが物くはへて、かひたり。今かね五十両給はるべし。舟のかへらんにつけて、たびをくれ。もし金給はぬ物ならば、かは衣のしちかへしたべ。

といへることをみて、（火鼠の皮衣）

右の手紙は、王慶から右大臣に送られた二通目のものである。追加金を催促するのに、最初の手紙では使われなかった「侍り」を用いている。「**からうして**」を繰り返す一方、丁重な表現で催促する商人のしたたかさがよく表れている。

次の例は、家来・侍女らが主人に申し上げるセリフで使われた「侍り」である。

又、人の**申やうは**、

☆1「おほいつかさのいひかしくやのむねに、つくのあなごとに、つばくらめはすをくひ**侍る**。それに、まめならむをのこどもをゐてまかりて、あぐらをゆひあげてうかゞはせんに、そこらのつばくらめ子うまざらんやは、さてこそとらしめ給はめ」と**申**。（燕の子安貝）

くらつまろが **申やう**、

☆2「（略）あな〈な〉いにおどろ〳〵しく廿人のひとの丶ぼりて **侍れ**ば、あれてよりまう

でこず。（略）」

と **申**。（燕の子安貝）

ちかくつかはる丶人々、竹とりのおきなにつげて **いはく**、

☆1「かぐやひめ、れいも月をあはれがり給へども、このごろとなりては、たゞことにも **侍**

らざめり。いみじくおぼしなげくことあるべし。よく〳〵みたてまつらせ給へ」

と **いふ**をきゝて、（かぐや姫の昇天）

まもる人〴〵の **いはく**、

☆3「かばかりしてまもるところに、蚊ばかり一だにあらば、まづいころして、ほかにさら

んとおもひ **侍る**」

と **いふ**。（かぐや姫の昇天）

右のような「侍り」は、当時の身分の絶対的な格差を反映した基本的な用法である。ただし、竹取の翁に侍女とおぼしき「人々」が言うセリフと帝から遣わされた「まもる人〴〵」が翁に言うセリフは「**としかげ型**」の「**いはく〜いふ**」で明示されており、その前の **くらつまろ** から中

納言への「**申す**」で示されるのとは違っている。これは聞き手の翁の身分が低いことを表しているものである。

次の例も、身分の高くない「ある人」が、帝に申し上げたことを明示する「**奏す～奏す**」であるので、ここに加えておく。

ある人、**そうす、**

☆「するがの國にあるなる山なん、この都もちかく、天もちかく**侍る**」

と**奏す**。（富士の煙）

四　嫗・翁から内侍・帝への「侍り」・帝の自敬表現としての「侍り」

本節で取り上げる「侍り」は、丁重表現のものと、自敬表現（自己尊敬）としての用法のものである。

女に、内侍**の給**、

「おおせごとに、かぐやひめの〈かたち〉いうにおはす〈也〉。よくみてまいるべきよしの給はせつるになん、まいりつる」

と**いへば**、

☆1「さらば、かく申**侍らん**」

と**いひて**いりぬ。（帝の求婚）

女、内侍のもとにかへりいでゝ、φ

☆2「くちおしく、このをさなきものは、こはく**侍る**物にて、たいめんすまじき」

と**申**。（帝の求婚）

右の女（嫗）のセリフの前者の「侍ら（侍り）」は、女自身の動作を謙譲する表現であり、後者の「侍る（侍り）」は姫の動作（状態）「こはく（こはし）」の謙譲表現である。後者で注目されるのは、翁と嫗は自邸では姫に向かっては尊敬語を使っているが、ここでは姫は身内であり、内侍の背後にある帝を意識した謙譲表現である、と見られるものである。次も、翁が姫を身内として、帝に対して言うセリフである。

（翁ハ）まいりて**申やう**、

☆3「おほせのことのかしこさに、かのわらはをまいらせんとて、つかうまつれば、『宮づかへにいだしたてば、死ぬべし』と申。みやつこまろが手にうませたる子にもあらず。むかし、山にてみつけたる。かゝれば、心ばせも、世の人にゝずぞ**侍る**」

と**奏せ**さす。（帝の求婚）

ここまでに引用した「侍り」は、前節までに述べた丁重語としての用法で説明できる。ところが、

（帝）「なんぢがもちて※2**侍る**かぐや姫、※3**たてまつれ**。かほかたちよしと※4**きこしめし**て、御つかひを※5**給ひ**しかど、かひなく、見えずなりにけり。かくたいぐしくやはならはすべき」

と**おほせらる**。おきなかしこまりて、御返事**申やう**、

☆3「此めのわらは、たへて宮づかへつかうまつるべくもあらず**侍る**を、もてわづらひ**侍**。さりともまかりておほせ給はん」

と**奏す**。（帝の求婚）

帝のセリフの「侍り」は、同じセリフ中の「**たてまつれ**（たてまつる）」「**きこしめし**（聞こしめす）」「**給ひ**（給ふ）」と同じく、二節で述べた「自敬表現」と呼ばれるものである。自敬表現を認めない説は、ここを侍臣の取り次ぐ表現、あるいは、語り手の帝への敬意の表現などとする。しかし、二節で述べたように、至尊としての帝が自らを尊敬する表現から、対等表現に、さらには姫を尊敬する表現に移っていく過程を見事にセリフで表しているとする私見は、これに従えない。後者の翁の「侍り」はこれまでに述べた丁重な表現での用法である。

次の二例も「宮つこまろ」（翁）のセリフの「侍り」も同じものである。

宮つこまろが、**申すやう**、

☆4「いとよき事なり。なにか心もなくて**侍ら**んに、ふとみゆきして、御らんぜられなん」と**そうすれば**、（帝の求婚）

おきな、こたへて**申**、

☆6「かぐやひめをやしなひたてまつること、廿餘年になりぬ。『かた時』との給に、あやしくなり**侍**ぬ」（かぐや姫の昇天）

前者は翁から帝へ、後者は翁から月の王へのセリフである。

五　大納言・中納言の自敬表現と絶対敬語の考え方

大伴のみゆきの大納言は、わが家にありとある人めしあつめて、**の給はく**、

「たつのくびに〈五色の光〉ある玉あなり。それとりて※1**たてまつり**たらむ人には、ねがはん事をかなへん」

との**給**。（竜の頸の玉）

大納言**の給**、

「〈君〉（×てむ）のつかひといはむものは、命をすてゝも、をのが君のおほせごとをば、かなへんとこそおもふべけれ。此国になき、天竺・もろこしの物にもあらず。このくにのうみ山より龍はのぼる物なり。いかに思ひてか、なんぢら、かたき物と※2**申べき**」

φ　（竜の頸の玉）

右の大納言の二つのセリフで、「わが家にありとある人」（家来）の動作に「たてまつり（たてまつる）」「申（す）」を用いている。これは、この話に続く中納言も同じである。

中納言**よろこび**給て、

「をかしきことにもあるかな。もつともえしらざりけり。けうあること※1**申**たり」

と**の給て**、（燕の子安貝）

くらつまろかく申を、いといたくよろこび、**の給**、

「こゝにつかはるゝ人にもなきに、ねがひをかなふることのうれしさ」

と**の給て**、御ぞぬぎてかづけ給つ。

「さらに、よさり、このつかさに※2**まうで**こ」

との給て、つかはしつ。（燕の子安貝）

中納言が、家来やくらつまろの動作に「申（申す）」「まうで（まうづ）」を用いている。これ

らは、身分の上位の者が下位の者の動作を謙譲させ、自らを尊敬する用法であるから、自敬表現と認めてよいであろう。管見に入ったこの物語の注釈書では、西田直敏氏の言う「天皇語」(注)についてのみ自敬表現を認めているが、前節の帝(天皇)のセリフ中の「侍り」「たてまつる」の用法を合わせ見れば、これも自敬表現と説明して支障はない。ここで、大納言の次のセリフに注目したい。

大納言おきゐて **の給はく**、

「なんぢらよく**もてこず**なりぬ。たつは、なる神のるいにこそありけれ。それが玉をとらんとて、そこらの人々の、がいせられなんとしけり。まして、たつをとらへましかば、又こともなく、われはがいせられなまし。よくとらへずなりけり。かぐや姫てふおほぬす人のやつが人をころさむとするなりけり。家のあたりだに、いまはとほらじ。をのこども、なありきそ」

とて、(竜の頸の玉)

大納言が初めのセリフでは自敬表現を用いて、家来たちに竜の頸の玉を「とりて**たてまり**たらむ」と命じたのに比べると、自らが船に乗り、遭難しそうになって命からがら浜にたどり着いた場面で、見舞いに参上した家来たちに言ったセリフでは、「もて **こず** なりぬ」であって、「もて**まゐらず**」ではない。ここには家来たちが以前、「たつのくびの玉は、いかゞとらむ」と言ったことの道理を、ここに至って身をもって知り、反省と後悔の気持ちが対等表現で示されているることが分かる。これも二節で述べたが、帝が姫の「きとかげになりぬ」という普通の人間ではないことを知った後は、姫に対し「いて**いか**じ」「もとの御かたちになり給ひね」と、対等表現さらには尊敬表現を使っているのと通ずるものがある。

(注) 西田直敏『敬語 国語学叢書⑬』(一九八七年)・『「自敬表現」の歴史的研究』(一九九五年)・『日本人の敬語生活史』(一九九八年)等を参照。

このように『竹取物語』に見られる敬語の表現は、絶対敬語から相対敬語に移行していく過程と見るのが通説であるが、「絶対敬語」を支える事象を疑う福島直恭氏(注)の通説に対する批判的考察も考慮にいれる必要があると思う。

(注) 福島直恭『幻想の敬語論—進歩史観的敬語史に関する批判的研究』(二〇一三年)。この書の主張を端的に要約すれば、「自敬表現の存在が絶対敬語の時代があったとする通説(進歩史観的敬語史)の証左とはならない」というものである。勿論、『竹取物語』のみから、福島説の適否を論じられるものではない。この書から研究者は通説に対し、常に批判的であるべきことを、改めて教えられた。

本稿は、主にかぐや姫が竹取の翁を聞き手として言うセリフが、翁に対す姫の気持ちの変化とどうかかわっているかとする視点から、「侍り」の使われるセリフと使われないセリフを対比検討してきた。結論として養父である翁と、娘である姫との間では相対敬語が用いられていると認める。一方、姫が帝を聞き手として言うセリフでは、「侍り」が使われ、通説に従えば、絶対敬語の用法となる。更にセリフのやりとりの中でセリフ部分を明示する「**としかげ型**」が有効な表現技法として機能していると考えられることを合わせ論じた。

参照注釈書

阪倉篤義『竹取物語』〈日本古典文学大系〉（一九五七年）
松尾　聰『校注竹取物語』（一九六八年）
上坂信男『竹取物語 全訳注』〈講談社学術文庫〉（一九七八年）
野口元大『竹取物語』〈新潮日本古典集成〉（一九七九年）
片桐洋一『竹取物語』〈新編日本古典文学全集〉（一九九四年）
堀内秀晃『竹取物語』〈新日本古典文学大系〉（一九九七年）
上坂信男『竹取物語全評釈 本文評釈篇』（一九九九年）

上原・安藤・外山『かぐや姫と絵巻の世界』（二〇一二年）
大井田晴彦『竹取物語 現代語訳対照』（二〇一二年）

追記 本論文は、「山口国文」第三十九号（二〇一六年三月）に載せたものを、『竹取物語』の引用本文は本書のものに差し替え、記述を一部分修正したものです。

著者略歴

関　一雄（せき・かずお）

略歴

＊出生　1934年、東京。

＊現在　山口大学名誉教授。

著書

『国語複合動詞の研究』（笠間書院　1977年）〈佐伯国語学賞受賞〉

『平安時代和文語の研究』（笠間書院　1993年）

『平安物語の動画的表現と役柄語』（笠間書院　2009年）

現代語訳で読み直す『竹取物語』

地の文の動画的表現と登場人物の役柄語を活かす

2019年11月1日　初版第1刷発行

著者　関　一雄

発行者　池田圭子

発行所　有限会社笠間書院

東京都千代田区神田猿楽町2-2-3［〒101-0064］

NDC分類：816　　電話　03-3295-1331　fax　03-3294-0996

ISBN978-4-305-70899-1　　組版：キャップス　印刷／製本：モリモト印刷

落丁・乱丁本はお取りかえいたします。

出版目録は上記住所または info@kasamashoin.co.jp まで。